JN160036

アン・ブロンテの研究――世紀を超えて

編著　渡　千鶴子・木村 晶子・侘美 真理
著　田村 真奈美・兼中 裕美

大阪教育図書

目次

粗野なジェイン・オースティン?——『アグネス・グレイ』再読

田村　真奈美

はじめに

アン・ブロンテの第一作目の小説『アグネス・グレイ』は一八四七年一二月に姉エミリ・ブロンテの『嵐が丘』と合わせて三巻本として世に出た。その二ヶ月前にはシャーロット・ブロンテの『ジェイン・エア』が出版され、大成功を収めていた。三姉妹はそれぞれカラ・ベル(シャーロット)、エリス・ベル(エミリ)、アクトン・ベル(アン)という男性名を筆名としていたが、『ジェイン・エア』の成功により、同じ姓を持つ三氏によるこれらの作品は否応なしに比べられることとなった。注目を集めた『ジェイン・エア』と『嵐が丘』に対して、『アグネス・グレイ』はそもそも書評で取り上げられることも少なく、取り上げられても「力強さがない」などと片づけられがちであった。[1]

さらに、エミリとアンの死後、一八五〇年に『嵐が丘』と『アグネス・グレイ』の第二版が出版される際にシャーロットがつけた「伝記的短評」と、シャーロットの死後にエリザベス・ギャスケルが出版しベストセラーとなった『シャーロット・ブロンテの生涯』(一八五七年)が、逆境にもおとなしく耐え忍ぶアン・ブロンテというイメージを定着させたことも、自伝的要素の多い『アグネス・グレイ』の評価を歪めることにつながった（Langland 154）。[2] 定着していたアンのイメージがヒロインのアグネスに重ねられ、後述するように実は活動的で自立心の強いアグネスが「地味でおとなしい」だけのヒロインと見られたのである。

近年、アンの第二作目の小説『ワイルドフェル・ホールの住人』（一八四八年）は再評価がめざましい。アルコール依存症や家庭内暴力、シングルマザーの問題など、現代にも通じるテーマが扱われており、因襲にとらわれないセクシュアリティの描写も研究者の注意を引いている。それに比べて『アグネス・グレイ』の注目度は依然として低いように思われる。ヒロインが自己の辛いガヴァネス体験を一人称で語り、最後は結婚によって幸せになるという単純な小説であるとみなされがちであるからである。

本論考はそのような『アグネス・グレイ』を三つの観点から読み直すが、まずその前提としてヒロイン、語り手、作者アン・ブロンテの区別について触れておく。[3] 語るアグネス［語り手］と語られるアグネス［物語のヒロイン］の間には後述するように一〇年程度の時の隔たりがあると考えられるが、両者の間の心理的距離は一定ではなく、語られるヒロインの考えがそのまま語り手の考えである場合と、語り手がヒロインから距離を置いて見つめている場合がある。本論文では特に後者の場合、語り手は語り手と呼び、作中のアグネスについては単にアグネス、あるいはヒロインと呼んで区別する。また、本論考の三つの観点のうち、最初の二点は主として語り手が語るアグネスの「自伝」が考察の対象であり、最後にその「自伝」を書いた語り手をも創作した作者アン・ブロンテについて見ていく。

まず第一節では、最初の観点として登場人物の振る舞い（マナーズ）に注目し、マナーズと階級の関係、そしてマナーズからその人物のどのような人間性、道徳性が読み取れるかを、特にアグネスがガヴァネスとして住み込んだ家庭を取り上げて検証する。

第二節では、マナーズから読み取れる道徳性には階級とつながりがあること、そして語り手にとって優れた道徳性には信仰の裏づけがあることを明らかにし、それがこの自伝を書いた語り手の目的とどう関わるのかを考察する。

第三節では視点を作家アン・ブロンテに移し、小説のプロットと人物や場面の配置などに着目して、アンが小説において描きたいことをいかに描いたかを確認し、小説家としてのアンの特質に迫っていきたい。

1 『アグネス・グレイ』とマナーズ

作家の第一作目の小説にはその作家の特徴がよく表れていると言われるが、『アグネス・グレイ』からは作家アン・ブロンテのどのような特徴が見てとれるだろうか。アンについての伝記的知識がある読者ならばすぐに気づくのは、アンが自分の知らない世界を描いていないということである。『アグネス・グレイ』は一人の若い女性のガヴァネス経験を描いており、舞台となる場所は四箇所のみで、近隣との付き合いのない北イングランドの司祭館、第一の勤め先であるウェルウッドのブルームフィールド家、第二の勤め先であるホートン・ロッジのマリー家とその周辺、そして海辺の町Aである。ブルームフィールド家、マリー家は、それぞれアンが住み込みのガヴァネスとして働いたブレイク・ホールのインガム家とソープ・グリーン・ホールのロビンソン家がモデルとなっている（A. Brontë 209, 212）。また、Aはアンがロビンソン家とともに訪れ、愛したスカーバラであると言われる（218）。このように限られた世界を舞台に、アンはそこに暮らす人々、そこで起きるできごとを詳細に、リアルに描き出す。『ジェイン・エア』や『嵐が丘』のように日常生活からかけ離れた状況やできごとは描かれず、プロットで偶然が大きな役割を果たすこともない。(4)

『アグネス・グレイ』にはアッパー・クラスからワーキング・クラスまで異なる階級に属するさまざまな人物が登場するが、それぞれの振る舞いがヒロインの観察の対象となる。限られた世界、そこで暮らす人々を仔細に観察し、他人に対する振る舞い（マナーズ）からそれぞれの人物像を浮かび上がらせる手法は、ジェイン・オースティンにもたとえられてきた。例えば、一八四八年一月二二日付『アトラス』に掲載された匿名の書評には「ミス・オースティンのチャーミングな物語の、いくぶん粗野な模倣と言うと最もわかりやすいであろう」（Allott 233）[5]とある。オースティンの作品においてと同様、『アグネス・グレイ』においてもマナーズは人物判断の試金石となっており、表面的な社交上のしきたりにとどまらず、人物の精神性、道徳性といった内面まで表すものとされる。

例えば、アグネスの最初の勤め先の主人ブルームフィールド氏は子どもたちとガヴァネスの面前で妻を批判し、料理人を口汚くののしる。語り手は彼のことばと振る舞いを克明に記録し、それを見ていたアグネスの反応「私は自分の落ち度ではないことで、こんなに恥ずかしく、落ち着かない思いをしたことはこれまでに一度もなかった」で締めくくる（第三章）。[6]ブルームフィールド氏はかつて商売に携わっており、財を成すと商売から手を引き、地主階級の暮らしを実現した。屋敷を手に入れ、子どもたちの名前にマスター、ミスをつけて呼び、紳士を気取ってはいるが、内面はおろか表面的な振る舞いだけを見てもとても紳士とは言えないということが、アグネスのみならず読者にもわかる。「財産を鼻にかける商人や傲慢な成り上がり者」よりも「本物の、生まれも育ちも良い紳士」の方がガヴァネスに親切だ（第六章）、と郷士（スクワイア）の娘である母に助言を受けて選んだ次の勤め先のマリー家は、明らかにブルームフィールド家よりも格式が高い。しかしそこで見たのは、ガヴァネスだけでなく、社会的弱者全般に対して侮蔑的な人々であった。弱者や動物に対する態度、利己的で他人に対する思いやりのない様から彼らの内面性の貧しさが明らかにされる。

マナーズをとおして人物像を浮かび上がらせる一九世紀の風俗小説（novel of manners）では階級が大きくクローズアップされる。マナーズは階級と密接に関係するものだからであるが、産業構造が変化して社会階層が流動的になるなか、人々は他人を見定めるために微妙な差異に敏感になっていたであろう。例えば、ブルームフィールド家とマリー家では食事習慣が異なっている。ブルームフィールド家では午後一時に家族揃って食事を取り、ガヴァネスも同席する。食事はビーフステーキやローストマトンなど肉が中心で、子どもたちとガヴァネスにとってはそれがディナーであるが、夫妻はその後夕方六時にディナーを取っている（第二、三章）。一方、マリー家ではガヴァネスは教え子とともにすべての食事を教室で取り、夫妻と食事をともにすることはない。そして食事の時刻は生徒たちの気まぐれで大きく変わるために大変不規則である（第七章）。ガヴァネスとともに食事を取るかどうか、また何時にどのような食事を取るかは、生徒の年齢や個別の家庭の事情にも関わるが、その家の階級を示してもいる。同時代の読者であればすぐに読み取れる情報であり、それゆえに語り手はこれらの事情を詳細に描いているのである。

ガヴァネスは教育を受けたミドル・クラス出身の女性ではあるが賃金労働に従事しているため、階級の上で流動的な存在である。雇い主と召使いたちの間におかれ、いやでも階級を意識せずにはいられないことから、ガヴァネスをヒロインとする小説には必然的に階級への言及が多くなる。アグネスも勤め先で自分がどのように見られているかには敏感で、最初の勤め先では到着後すぐの食事の際にブルームフィールド夫人が「正面に座って、私の様子をじっと見つめていた（ように思われた）」（第二章）とある。また、マリー家に到着した翌日、マリー夫人が教室にやって来たときの様子は「まるで私の母が新しく雇われた召使いの女の子をキッチンにのぞきに行くよう」であったと、内心は憤慨していることが読み取れる（第七章）。というのも、彼女は自分が雇い主の家族に劣っているとは考えておらず、召使いのように扱われることは受け入れ難かったからである。教会からの帰り道、マリー家の娘たちとその友人らとともに歩く際に、アグネスはこう考えている。

後ろについて歩くのは、自分が劣った存在であると認めているようで、不愉快だった。なぜなら、実のところ、私は自分のことを彼らの最良の人たちとほぼ同程度だと考えていたし、そう思っていることを彼らに知って欲しかった。私が自分を単なる召使いとみなしているとは思ってもらいたくなかったのだ。（第一三章）

この引用の中の「最良の人たちとほぼ同程度（pretty nearly as good as the best of them）」というのは、単に階級のみを指しているのではなく、精神的な優劣をも示していると思われるが、ここでもやはりアグネスは召使いとはみなされたくないと考えており、自らの階層上の立ち位置に非常に敏感になっていることがわかる。

ところで、『アグネス・グレイ』ではヒロインがガヴァネスになる前の第一章から階級の話題が繰り広げられ、アグネスの両親それぞれの出身階級が異なることが語られている。先に触れたようにアグネスの母は郷士の娘であるが、大した財産を持たぬ国教会司祭である父と結婚した。この階級差のある結婚のパターンは後に、郷士であるマリー氏の長女ロザリーと求婚者のエピソードに繰り返される（ただし、ロザリーは司祭のハットフィールドではなく、準男爵サー・トマス・アシュビーを選ぶのだが）。[7] ヒロインは、まさに流動的な社会階層を幼い頃からつぶさに観察していたわけであるが、彼女自身に上昇志向はなく、最後に美徳の報酬として身分も財産もある男性との結婚が用意されているわけでもない。なぜならオースティンの小説とは違い、『アグネス・グレイ』においては道徳性はミドル・クラスと結びついており、その道徳性は信仰、特に福音主義的信仰と結びついているからである。

2　道徳・信仰と階級

登場人物のマナーズは単に表面的な社交のしきたりにとどまらず、人物の内面を表すものであると前節で述べたが、『アグネス・グレイ』ではマナーズが浮かび上がらせる道徳性は信仰と切り離せない。道徳的に堕落した人物は信仰も形ばかりであるが、逆に信仰心の篤い人物は道徳的にも優れており、人を思いやることができるとされている。

ブルームフィールド家もマリー家も、マナーズにおいてすでに内面性が疑われる人々ばかりであったが、さらにその宗教性も問題視されている。例えば、ブルームフィールド氏の母は一見親切で気のいい老婦人のように思われたが、実は陰でアグネスのガヴァネスとしての資質に否定的なことを言っていた。アグネスは彼女を「偽善者で不誠実」だとみなす（第四章）。老ブルームフィールド夫人自身は敬虔なクリスチャンを装っているが、彼女の本質を知ってしまったアグネスにはそれがいかに馬鹿げて見えるかを、語り手は皮肉めいたユーモアを交えて記している。

「でも、ねえあなた、すべてに通用する方法がひとつあるのですよ。それは諦めること」（ここで頭をつんとそらす）「天の意志に委ねることです！」（両手と視線を上げる）「私はこれまで辛いときにはいつもそうすることで支えられてきましたし、これからもそうですわ」（何度も頷く）「でもねえ、皆がそう言えるわけではないわね」（頭を振る）「でも私は敬虔なたちなのですよ、グレイさん！」（とても意味ありげに頷いて、頭をそらす）「ええ、ありがたいことにいつもそうでした」（もう一度頷く）「私はそのことを誇りに思っています！」（強く両手を握り、頭を振る）そして、聖書のことばを間違って、しかも不適当に引用し、宗教的な感嘆を漏らしながら、しかしその表現そのものはともかく、その話し方と会話に挟む方法があまりにも滑稽なのでここに再現することは差し控えるが、彼女は大きな頭をつんとそらし、上機嫌で―少なくとも自分自身には満足して―去って行った。私は、結局彼女は邪悪というよりはむしろ愚かなのだろう、と思うことにした。（第四章）

いかにもおしゃべりな老婦人が見栄を張り、少し芝居がかって話している様子がことばと間に挟まれたジェスチャーで再現されており笑いをさそう箇所だが、最後の一言に要約されているようにこの夫人はよく言っても愚か、実際には形ばかりの信仰心が道徳的な堕落と結びついているとアグネスは判断している。

聖書を誤って引用するのは老ブルームフィールド夫人だけではない。マリー夫人もアグネスとの会話において聖書に言及するが、その知識は曖昧で、しかもそのことを恥じてもいない。

「ガヴァネスはみな、柔和で穏やかな霊に欠けているのです。その方が衣服を着飾るより大事だと聖マタイだか誰かが言っていたでしょう。私が言っているのがどの節のことかおわかりよね。あなたは聖職者の娘なのだから」（第七章）

マリー夫人が言及しているのは、実際にはマタイではなく「ペトロの手紙一」にある次のことば「あなたがたは【中略】衣服を着飾ったりするような外面的なものではなく、柔和で穏やかな霊という朽ちないものを心の内に秘めた人でありなさい」（第三章第三〜四節）である。もちろんここには、これが誰のことばなのかを夫人が覚えていないということだけでなく、このことばが自分や娘たちにも向けられたものと理解していないという皮肉も込められている。というのも、ロザリーは表面的な魅力を磨くことにしか興味がなく、母親も娘に有利な結婚をさせることしか頭にないとされているからである。

平気で嘘をつき、他人の心情を顧みない人々に囲まれて暮らすことになり、彼らを変えることもままならず、逆に彼らに悪影響を受けて自分が堕落するのではないかと次第にアグネスは不安になる。

すでに私は自分の知性が衰え、心が石のように無感覚になり、魂が偏狭になっていくのを感じていたようだ。そして自分の道徳観が鈍り、正誤の判断が曖昧になるのではないか、ついには私のより優れた能力がこのような生活態度の有害な影響下に沈むのではないかと怯えた。地上の野蛮な空気が私の周りに集まり、私の内なる天を包囲してきていた。（第一一章）

このようにヒロインは自分と同じ道徳観を持ち、また自分の内面に良い影響を与えてくれる人物がいないなかで孤立していた。アグネスがガヴァネス生活で直面する困難は、単に高慢で理解のない雇い主や甘やかされた子どもたちの横暴のため、また召使いたちからの冷ややかな態度のためだけでなく、同じ価値観、同じ道徳観を共有できる相手がいないことも大きいのである。

『アグネス・グレイ』はヒロインのアグネスによる一人称の語りで語られているため、アグネスが自己の基準に照らして周囲の人々を判断していく。アグネス本人の人間性、道徳性については語り手も語りにくいようで、自画自賛と受けとめられないように弁明を加えたり（「私は自分を褒めようとしてこのようなことを言っているのではない。当分私が勤める家庭の不幸な状態を示すためなのである」）（第七章）、あるいは次のように他人［生徒］の視点に立って語っている。[8]

ミス・グレイは変わり者だ。決してお世辞を言わず、ほとんど褒めてはくれない。でも彼女が私たちについて、あるいは私たちのものについて好意的なことを言うときはいつも、その賞賛が心からのものだと確信できる。

彼女はたいてい礼儀正しく、物静かで、穏やかだが、いくつかのことに関しては怒る。【中略】あらゆることに自分の意見を持っていて、それを貫く。しばしばとても退屈な意見だ。というのも彼女はいつも何が正しくて何が間違っているかを考えていて、宗教に関わることには妙な畏敬の念を持っていて、不思議なことに善良な人が好きだから。（第七章）

この部分は自由間接話法で書かれていて、その前に特に視点が変わることについての説明はない。アグネスの伝記の中でも異色の部分である。ただ直前に、生徒の一人［ロザリー］は私を評価するような兆しが見え始めているとあり、ロザリーとアグネスの関係の今後を示唆していると考えられる。

物語中には聖職者が何人か登場するが、彼らについてもアグネスは観察し、判断を下す。ホートン・ロッジに最も近い教区教会の主任司祭ハットフィールドは、第九章で舞踏会について語るロザリーの話の中に初めて登場するが、たとえ彼は踊らなくても、舞踏会に出席すること自体「聖職者らしくない」とアグネスは考えている。さらに第一〇章では、彼が身分の高い人々にはへつらうが、自分より低い社会階層に属するアグネスのような人間は眼中にないということが、アグネスの内心のつぶやきとして読者に告げられる。彼のマナーズは人間性の浅ましさを示しているが、彼が司祭であるだけに問題は大きい。

第一一章で貧しい信徒ナンシー・ブラウンが信仰上の疑念を抱いたときにも、彼の対応は語り手から見て不適当であった。ナンシーの話を聞いたハットフィールドは、自分で聖書を読み考えるナンシーがメソディストの礼拝に行っているのではないかと疑い、「教会に来なさい。そうすれば聖書について適切な説明が聞ける。家で聖書を読み耽っていないで」と言う。アグネスにそのときの様子を話すナンシーは彼の話をこうまとめる。

「できるだけ頻繁に教会へ行くこと、祈祷書を持って行くこと、そして聖職者の後について唱和すること、立ち上がって、ひざまずいて、すべきことをみなすること、あらゆる機会に聖餐にあずかること、彼と［補助司祭］ブライの説教を注意深く聴くこと、そうすれば大丈夫。義務をこなしていれば最後に恵みにあずかれる」

信徒が自分で聖書に向き合って考えることを奨励せず、教会と儀式を重視していることから、彼が高教会派の司祭であることは明らかである。さらに、ナンシーによれば「それでも慰めが得られなければ万事終わりだ」「天国へ行くために最善を尽くしてもうまくいかないなら、あなたは狭き門より入ろうとして入れない者の一人に違いない」とまで言い、ロザリーの後を追うために急いで立ち去ったという。途中ナンシーの猫を蹴り飛ばすほどの急ぎようであった。ここで語り手は、高教会派の聖職者は信徒の心に訴えることができないことを示唆しつつ、ナンシーの家におけるハットフィールド個人のマナーズから彼の人間性をも問題とし、その両者が結びついているかのように提示している。

ハットフィールドと対照的に描かれるのがウェストンである。ウェストンが祈祷を読んでいるのを初めて聞いたとき、アグネスは「まるで読んでいるのではなく、心から真剣に誠実に祈っているように感じ、それがハットフィールドよりもはるかに良いと感じていた（第一〇章）。ウェストンの説教については「その教義の福音主義的真理」、真面目で実直な態度と明快で力強い説教のスタイルをアグネスは好ましく思っているが、説教の内容とその伝え方は彼が福音派の聖職者であることを示している。そして長い間、前任の補助司祭ブライの「無味乾燥で退屈な話」、ハットフィールドの「さらにためにならない訓戒的な説教」ばかりを聞かされてきた後では新鮮である、と再びハットフィールドと比較してウェストンを賞賛する。ここでもハットフィールドは説教の内容（教会の規律、儀式、聖職者への従順、厳しい主人としての神など）を批判的に描写されるだけでなく、説教が短いわりに身なりは念入りに整え、厳しい説教をした直後に教区の有力者たちとの陽気な会話に興じているなど、聖職者らしからぬ振る舞いにも厳しい目を向けられている。

ウェストンは積極的に教区の貧しい人々のもとを訪ねるが、信仰上の疑念に囚われていたナンシーを救ったのも彼であった（第一一章）。ウェストンはナンシーが気にしていたハットフィールドの発言の典拠である聖書のことば「狭い戸口から入るように努めなさい。言っておくが、入ろうとしても入れない人が多いのだ」（「ルカによる福音書」第一三章第二四節）について、入れないのはその人の罪ゆえであり、罪のない生活をすれば入ることができるのだという解釈を平易なことばで聞かせる。さらに神は「ハットフィールドの言うような厳しい主人ではなく」愛情深く、慈悲深いと説明する。彼のことばは、その丁寧な口調と辛抱強く相手の話を聞こうとする姿勢もあいまって、「まるで私の魂に新しい光が差し込んできたみたいだった」とナンシーの心に響く。それだけでなく、ウェストンの膝に飛び乗った猫を微笑んで撫でたことも語られ、弱者や動物にも思いやりをもって接する人物であることも示されるのである。

私は【中略】すでに彼について自分の意見を持っていた。彼には良識、確固とした信念、熱烈な信仰があるが、思慮深く厳格であると十分に確信していた。そして今、そのような美点に加えて、真の慈悲心、穏やかで思いやりのある親切心が備わっていることを発見して、予期していなかっただけにいっそう嬉しかった。（第一一章）

すでに述べたように、『アグネス・グレイ』では語り手アグネスが自らの基準に従って人物の評価を下す。信仰についてもアグネス自身の信仰が判断基準となるが、聖職者としてのウェストンを高く評価するのは、彼女自身が福音主義的な信仰を持っているためであろう。そして福音主義的信仰がウェストンとアグネスにおいてはその道徳観とも結びついている。ホートン・ロッジで孤立していたアグネスが同じ道徳観と信仰を持つウェストンに惹かれるのは自然なことである。さらに、父は国教会司祭だが貧しく、働いて家計を助けたいアグネスと、親族とは死別して有力者とのつながりもない貧しい補助司祭のウェストンは両者とも、階級としてはミドル・クラスの中でも下層（イーグルトンによれば小市民階級）に属しているということになるが、道徳的には劣るアッパー・クラスあるいはアッパー・ミドル・クラスの雇い主／上司に仕えているという共通点もある。(9)

テリー・イーグルトンは、『アグネス・グレイ』では明らかに階級と道徳性には密接な繋がりがあり、社会的階級が低ければ低いほどより道徳的である可能性が高いと述べている（128）。階級と道徳性のつながりについては同意するが、階級が低いほど道徳的というのはかなり大雑把なまとめかたである。『アグネス・グレイ』にはワーキング・クラスの人物も数人登場し、その一人ナンシー・ブラウンは、ホートン・ロッジに住んでいたアグネスが唯一価値観を共有できる友人である（第一一章）。一方で、ホートン・ロッジでは多くの召使いたちが働いており、彼らは雇い主であるマリー家の人々の態度を見て、アグネスを頭から軽蔑する。それに対してアグネスは皮肉を交えて次のように判断している。

> すべての召使いがそうだというわけではないと思うが、一般的に家事使用人は無知で、理性を働かせてじっくり考えるという習慣がほとんどないため、雇用者の軽率や悪い手本によって簡単に堕落してしまう。思うに、そもそもその雇用者が第一級の人格者というわけではないのだ。（第七章）

召使いだけでなく最後にはその雇い主まで手厳しく非難しているところが興味深いが、アグネスはワーキング・クラスの道徳については信仰に導かれているかどうかを基準に判断しているようである。[10]

物語の最後で、別の教区の聖職禄を得て主任代行司祭（vicar）となったウェストンとアグネスは結婚する。アグネスが社会階層を上昇することなく本来の階級に留まるということの結末は、やはり階級と道徳の結びつきを読者に意識させるであろう。結末に置かれた次の段落はそのことを雄弁に語っている。

私たちのささやかな収入は必要なものをまかなうには十分すぎるほどである。そして、大変なときに学んだ倹約を実践し、裕福な隣人たちを模倣しようとしないことで、私たちは快適で満足した日々を送れるだけでなく、子どもたちのために毎年少しずつ蓄えることもでき、困窮した人々を助けることもできるのである。（第二五章、傍点は筆者による）

イーグルトンはこの結末についてヒロインが「道徳的にいかがわしい貴族階級から離れて、自分自身の階級に引きこもっている」（128）と捉えている。確かに、アグネスはガヴァネスとしてアッパー・クラスやアッパー・ミドル・クラスの家庭に道徳的変化をもたらすことはできなかった。しかし、彼女は単にそこから離れて同じ社会階層に属するウェストンと結婚し、道徳的な家庭を築くことだけで満足しているのだろうか。道徳性は階級と結びついているので、アッパー・クラスやアッパー・ミドル・クラスの道徳性を変えることはできないと考えているのだろうか。そもそも、いったいなぜアグネスは自伝を書いたのだろうか。

『アグネス・グレイ』の冒頭の一段落は、これから始まる物語がどのようなものかを説明している。

すべて真の物語は教訓を含む。なかにはその宝を探すのが難しいものもあり、見つけてもあまりに量が少なくて、木の実の殻を苦労して割っても中身が乾いて萎びており手間に見合わないかもしれない。私の物語がそうなのかどうか、私には判断できそうもない。それが誰かの役に立つとよい、他の誰かにとっては楽しめるものであるとよい、と私はときどき考えるが、世の中の人々が自分で判断すればよい。私が無名の存在であることに守られて、また時の流れといくつかの仮名に守られて、最も親しい友にも打ち明けないであろう話を敢えて、また率直にみなさんの前に提示しよう。（第一章）

この一段落と物語の結末の数段落だけは現在時制で語られており、語り手の現在の思いと語り手が現在置かれている状況を伝えている。結末で現在時制に変わる部分は「ここで私は手を止める。私は日記からこの自伝をまとめたのだが、その日記はまだ少し続く」（第二五章）と始まっている。語り手は日記を再構成してこの物語を語っているとわかるが、物語中のできごとからは少し時が経っている。ただし、最後に三人の子どもがまだ家で母親から教育を受けていると書かれていることを考えると、結婚から何十年も経っているわけではない。語り手は「最も親しい友にも打ち明けないであろう話」を読者に語ってきた。そしてその話には教訓が含まれている。「それが誰かの役に立つとよい、他の誰かにとっては楽しめるものであるとよい」と語り手は考えているが、「役に立ち、かつ面白い」物語というのはサミュエル・ジョンソンの『ラセラス』（一七五九年）のような一八世紀の小説の伝統を受け継いでいるとエリザベス・ラングランドは言う（37）。一方で、これは宗教的な目的を持った物語を書く作家がしばしば口にすることばでもある。パトリック・ブロンテも、初めての詩集『冬の夕べの思索』（一八一〇年）を出版する際につけた序文に「ためになるものと心地よいもの（*Profitable* and *Agreeable*）を思慮深く混ぜた」（Lock and Dixon 57; Barker 41）と書いていた。ラングランドはアンに影響を与えたと思われる一八世紀の作家の一人として福音主義作家ハナ・モアをあげているが（39-40）、モアは一八世紀末に国教会福音派の聖職者や信徒が始めた、主としてアッパー・クラスやアッパー・ミドル・クラスを対象とした道徳改革運動の一環として多くの著書を残し、著作を通じて人々の道徳改革に取り組んだ人物である。[11]『アグネス・グレイ』冒頭のことばもこのような伝統の中において捉えられるであろう。語り手は自らの経験を語ることで読者に教訓を与えたい、あるいは読者を感化したいと考えているのである。

アグネスの自伝の大半を占めるガヴァネス体験においては、彼女自身の行動のみならず、彼女が観察した周囲の人々の振る舞いが事細かに語られる。アグネスの母は「どの階級にも悪い人もいれば良い人もいる」（第六章）と言っているが、『アグネス・グレイ』においてはアグネスの母以外のアッパー・クラスとアッパー・ミドル・クラスの人物たちは道徳的に堕落しており、信仰も形ばかりである。彼らがアグネスの自伝で果たす役割は反面教師ということであろう。そして、彼らと対照されるように道徳的に優れたミドル・クラスの人物が描かれ、読者はそこから真に望まれるクリスチャンとしての暮らしを理解することを期待されているのである。

3　小説家アン・ブロンテ

これまで見てきたように、語り手アグネスの意図は自らの経験談によって読者に良い影響を与えることであったが、この小説を書いたアン・ブロンテは福音主義作家の流れを汲んで教訓的な小説を書こうとしただけなのだろうか。確かに、風俗小説として読むには『アグネス・グレイ』は道徳性、宗教性が強いことが気になる。とはいえ、流動的な社会階層を背景にマナーズから人物を浮かび上がらせる手際は巧妙で見事である。この小説でアンが多用しているのが、人物を対照的に配置することである。聖職者であるウェストンとハットフィールドについてはすでに前節で見たとおりであるが、ここではアグネスの母とロザリー・マリーについて見ておきたい。この二人の女性はどちらも郷士の娘であるが、対照的な結婚をする。

アグネスの母アリスは周囲の反対を押し切ってリチャード・グレイと結婚した。リチャードは投資に失敗して財産を失った後「かつては多くの人に求愛され賞賛されていた、素晴らしい、高い教養のある女性が、活動的で切り盛りの上手な主婦へと変わってしまい、手と頭は常に家事労働と家計で塞がっている」のを見て自分を責める（第一章）。しかし、もともとアリスは何不自由なく贅沢に育てられたとは思えぬほど勤勉で実際的であり、倹約も得意であった。娘の教育についても、学業のみならず道徳面にも気を配った。アリス自身が元来「ミドル・クラス的」な価値観を持っており、そのためミドル・クラスの家庭に入っても不満を感じるどころか、逆に能力を活用できる場所を得ていきいきとしているように見える。暮らしが急転しても前向きに努力し、夫亡き後も実家に頼ろうとはしない。かえって夫の方が家族に安楽な暮らしをさせるために分不相応な出費をし、結局それがもとで投資に手を出し失敗する。この小説の結末の段落にあった「裕福な隣人たちを模倣しようとせず」には、その失敗も教訓となっているであろう。

同じ郷士の娘であるロザリーもまた多くの人に求愛され賞賛されていたが、教養よりも表面的な魅力を磨くことに熱心であった。彼女は家柄も財産もある男性と結婚することを母に期待され、本人もそれを望んでいる。司祭のハットフィールドは彼女に夢中であるが、ロザリーは彼の気持ちを弄ぶだけである。彼女の軽々しい行動を危惧する声に対しては次のように反応する。

「ああ、まったくいらいらするわ。私が恋に落ちるほど愚かになれると考えるなんて。そんなことは女性の品位にかかわることよ。愛！　大嫌いなことば！　私たち女性に結びつけられるけれど、本当に侮辱だと思うわ！」（第一四章）

女性と慈愛が結びつけられがちな時代背景を考えると驚くほど大胆な発言であるが、愛など信じないというのは彼女なりの処世訓なのかもしれない。彼女の美貌と財産を狙っている求婚者たちに真の愛情はないことを、ロザリーはわかっているのである。事実、ハットフィールドもロザリーの美しさに惹かれただけでなく、彼女の家柄と財産にも魅力を感じていた（第一五章）。アグネスはロザリーの不誠実な態度にショックを受け、「なぜ美を悪用するような人物にあれほどの美が与えられるのか」と思うが、その美は彼女のように虚栄心が強く、利己的で冷酷な男性を罰するためなのかもしれないと思い直し、社交界の恋愛遊戯はどちらが悪いとは一概に言えないと結論づけている（第一四章）。しかしながら、愛情ではなく家名と財産を求めるロザリーが幸せな結婚をすることはない。結局彼女は悪い評判の立つ準男爵と結婚し、後悔することになるのである。[12]

このように対照的な人生を歩み、ヒロインとも深く関わるこの二人の女性は、階級と道徳の問題を体現する人物であると同時に、小説全体に渡って場面とテーマを有機的につなげ、プロットの推進力となる存在としても機能している。また、娘の結婚についてのマリー夫人の考え方と、アグネスの母の考え方「娘たちが結婚してもしなくても大したことではありません。正直に生計を立てていく方法はいくらでも考えられます」（第六章）も、結婚観の相違を明らかにしているが、特にアグネスの母の考え方は、ミドル・クラス以上の女性が働くことがリスペクタブルではないとみなされがちであった時代においては画期的であったであろう。[13]『アグネス・グレイ』において、階級と道徳の問題は女性の自立の問題とも大きく関わってくるのである。

自立への欲求をしばしば口にするアグネスは、母の影響を強く受けている。家を出て世界を見たい、これまでとは違う生活をしてみたい、自分の能力を活かしたいと彼女は願うが（第一章）、おそらくこれは母が結婚するにあたって抱いた思いでもあるのではないか。一度勤め先を解雇されても「次はもっとうまくできる」（第六章）と前向きであるアグネスは、決しておとなしく地味なヒロインではない。そして、ガヴァネスとしての経験を積んでいく過程で彼女が成長を見せるのは、主として他人に対する振る舞い、マナーズのうわべの部分であり、道徳観などは初めから完成されている。それゆえ、『アグネス・グレイ』をヒロインが社会経験を経て精神的に成長する教養小説（Bildungsroman）として読むのは難しい。小説の冒頭では、アグネスは子どもっぽく、家事もできず、社交下手であるとされている。また、最初の勤め先でも内面の思いがナイーブに表情や行動に現れて老ブルームフィールド夫人の不興を買い（第四章）、また雇い主の妻であるブルームフィールド夫人とは口論寸前になっている（第五章）。しかし、次の勤め先では口にすべきこととそのタイミングを心得て、口にすべきではないことは内心のつぶやきとして読者には知らせつつ、黙ってやり過ごすようになる。しかし、そうして学んだ職業上の知恵を、本人は成長と思うどころか道徳的堕落ではないかとみなしているのである（第七章）。

アグネスが成長しているとしたら、それはウェストンへの恋愛感情をとおしてである。マリー家において精神的に孤独であったアグネスは、ウェストンを暗闇の中に現れた希望のように感じ、惹かれ始めた。しかし、次第にウェストンのことを考える時間が増えていくにつれ、良心の呵責を覚えるようになる。「お前は自分自身を欺き、創造主よりも創造物に夢中になって愛を捧げることで神を裏切っている」（第一六章）。この表現は、聖書のことば「神の真理を偽りに替え、造り主の代わりに造られた物を拝んでこれに仕えたのです」（「ローマの信徒への手紙」第一章第二五節）に基づいている。[14] ここでのアグネスは続けて「私が愛しているのは彼という人間ではなく、彼の善良さだ」と弁明しているが、続く第一七章ではウェストンのことばかり考えるのは「もっと知恵のある、あるいはもっと経験のある人ならば間違いなく自制するような耽溺であった」とも語られる。要するに、アグネスはウェストンのことを考えて現実逃避をしているのである。「あの明るい対象から目を逸らし、周囲のどんよりとして灰色の荒涼たる眺めを、私の前に伸びている喜びも希望もない孤独な道を見続けなければならないのはなんとわびしいことだろう」（第一七章）は、彼女が自分の行為を現実逃避と自覚していることを表している。そして、この小説のリアリズムと宗教観は、アグネスが辛い現実を自ら克服することなく、何らかの外的な力のお陰で脱出して幸福になるというロマンスのような結末を用意してはいない。二人は一度離れ離れになり、アグネスは努力が実を結ばないガヴァネスの仕事を辞めて母と二人で学校を始めて自活し、足元を見つめて生活する覚悟ができてから、ウェストンと再会して結婚するのである。

このように『アグネス・グレイ』において、アンは当時の小説によくみられた、そして読者にも馴染みのある展開をしばしば意識的に裏切っている。なかでも興味深いのは、父の死後残された家族の暮らしである。当時、一家の大黒柱であった父親が死ぬと、残された母と娘は男性親族に扶養されることが多かった。そして男性の親族がいない場合には窮乏生活が待っていた。アグネスが重病の父のもとに駆けつけるとき、マリー夫人もこう言っている。

「グレイさん、あなたが享受している特権に感謝なさい。多くの貧しい聖職者の家族は、その人が死んでしまうと破滅に追い込まれてしまう。でもあなたには、引き続き援助する用意があってあらゆる配

慮をしてくれる有力者の友だちがいるでしょう」（第一八章、強調は原文のまま）

実際にアグネスの父が亡くなったときには、すでに結婚していた姉メアリが母を引き取り、アグネスはガヴァネスを続けるという案が出ている。しかし、この小説はそのような展開は採用しない。母と娘は別の町に移って家を借り、そこで学校を経営して自立した暮らしを続けるのである。また、裕福な親戚から遺産が入り、働かなくても暮らしていけるようになる、あるいはその遺産のおかげでヒロインが幸福な結婚をする、ということも起こらない。アグネスの母アリスは、夫亡き後に郷士の父から戻ってくるようにという内容の手紙を受け取る。そこにはアグネスとメアリにも財産を遺すという文言もあったが、アリスは断り、自活の道を選ぶのである。この選択にも階級と道徳の問題が関わっている。

「もし私が【中略】父の助言を聞かなかったことは間違っていた、そのために苦しんだのは当然であると認めさえすれば、もう一度私をレディにすると言うの。長い間低い階級の暮らしをした後でそんなことが可能ならば、とね。そして、私の娘たちの名前も遺言書に入れると言っているわ」（第一九章）

アリスの父は、安楽なレディとしての暮らしの方が「低い階級の暮らし」よりも優れていると信じて疑わないが、ここまでこの小説を読んでくればアリスが承諾するはずがないことは明らかである。ミドル・クラスの価値観・道徳観の方がアッパー・クラスよりも優れているとするこの小説の主張に真っ向から対立する考え方は、当然否定されなければならないのである。

さらに小説家アンは、この場面の後、第二二章～二四章で、うわべは豊かで豪華であるが精神的に貧しいアッパー・クラスの暮らしと、アグネスが母と再出発するすがすがしい海辺の町を対置して、再度この問題を読者に考えさせる。第二二章では、すでに海辺の町Aに移って学校教師になっていたアグネスが、レディ・アシュビーとなったロザリーを訪問する。アシュビー家の屋敷アシュビー・パークは広大で美しく魅力的であるが、そこに暮らす人々は少しも幸福そうではない。ロザリーは夫も義母も嫌っており、生まれたばかりの娘にもほとんど愛情を持っていなかった。さらに「社交界の放縦な暮らし、あるいは何か他の害悪の影響なのか」外見や身のこなしにも良くない変化が起きていた。怠惰で退廃的な雰囲気に辟易として帰宅したのは、Aの中でもリスペクタブルなミドル・クラスの暮らす一角である（第二四章）。そこから町中を抜けると海に出るが、海が与えてくれる喜びは人工の庭園にはないものであり、アグネスは早朝から浜辺の散歩に出かける。これもまた、早く起きても誰の姿も見えず、一一時近くまでロザリーも姿を見せなかったアシュビー・パークとは対照的であり、アッパー・クラスの放埓な暮らしとミドル・クラスの健康的な暮らしが対比されている。[15]

以上のように、アンはミドル・クラスの価値観・道徳観をアッパー・クラスのそれよりも優位に描き、読者に良い影響を与えようとしながら、同時に小説の可能性を追求し、プロットにも工夫を凝らしている。さらに、家庭における女性の母・娘としての義務を果たすだけでなく、女性も精神的・経済的に自立すべきだと説く。[16] その根本には、両性は知的に同等であるという思いもあったであろう。アグネスと姉は母からだけでなく、父にラテン語も教わっており（第一章）、語り手アグネスは堂々と聖職者批判も展開する。そして、アグネスが理想的な男性と思うウェストンは、女性が学ぶことに反対しないのである（第一八章）。アン・ブロンテは次作でも道徳性と信仰心の問題を女性の自立の問題と結びつけて考えているが、それは第一作目の小説からすでに見られる彼女の特徴である。そして、一人の語り手が終始語るこの小説でも、彼女は作家としてさまざまな挑戦をしているのであり、決して単純な小説ではないことがわかるであろう。この挑戦はアンの作家としての矜持なのかもしれないが、同時にそこにはこれまでとは違うものを提供して読者を楽しませたいという動機もあるように思われる。

結び

『アグネス・グレイ』では一人のガヴァネスが周囲の人々のマナーズを観察し、その人物の内面性を読み取り、時に批判的な目を向け、時に共感し慰めを得る様子を語っている。そして、そのような自己の経験を参考に道徳性・宗教性について読者に考えてほしいと考えている。ヒロインであるアグネスの行動範囲は限られているが、その狭い世界を詳細に見ていくことは、彼女の生きた時代の社会の本質を洞察することにもつながっていく。家を出て世界を見たい、自分の能力を活かしたいと考えたヒロインは、こうして伝記を書くことで十分その能力を活かしたのではないだろうか。

この小説は風俗小説、教養小説などの小説ジャンルに依拠しているようで、その枠内には収まりきれない。また、ガヴァネス、父の死、結婚といった当時の小説によくある道具立てを用いながらも、予想される展開を鮮やかに裏切る。アンの小説家としての挑戦と、彼女自身の道徳観・宗教観、そして女性の自立への深い関心は、齟齬をきたすことなく、作品のなかで共存している。小説家アン・ブロンテを支えるのは天翔る想像力というよりも、この地に足のついた創作意欲なのである。

第一節で、『アグネス・グレイ』刊行当時の批評として『アトラス』の書評を紹介した。そこでは『アグネス・グレイ』を「ミス・オースティンのチャーミングな物語の、いくぶん粗野な模倣」と評していた。この文言中の「粗野（coarse）」とはいったいどういうことだろう。ヒロインが下層のミドル・クラスに属していて、オースティンのヒロインたちの所属する社会階層よりも低いために、物語全体が洗練されていないということなのだろうか。それとも、この作品の本質にある因襲への挑戦を見抜いてのことばなのだろうか。もし後者だとしたら、この評は案外核心を突いているのかもしれない。

注

（1） 共に出版された『嵐が丘』に比べて「力強さがない」と評したのは、例えば『スペクテイター』（一八四七年一二月一八日付）、『アシーニアム』（一八四七年一二月二五日付）の書評など（Allott 217, 219）。また、一八四八年一月一五日付『ダグラス・ジェロルズ・ウィークリー・ニュースペイパー』の書評は「ヒロインはジェイン・エアの妹のようであるが、あらゆる点においてジェイン・エアに劣っている」（Allott 227）と書いている。

（2） ルカスタ・ミラーはいわゆる「ブロンテ神話」の影響を最も被ったのがアンであるとしている（156）。

（3） 『アグネス・グレイ』はアクトン・ベル名で出版されたが、この筆名は一八四六年に出版された姉妹の詩集で初めて採用された。『アグネス・グレイ』の執筆時期は詩集の出版前の一八四五～四六年頃とされており（Inboden 19）、執筆時点では男性名で発表することを考えていたかどうかは不明である。そのため、本論考では虚構のもう一人の作者アクトンについては考察の対象としない。

（4）アンは姉妹の中で唯一、その小説中に偶然や超自然的なできごとを描かないということはしばしば指摘されている（Thormählen 284）。

（5）この書評では続けて「アグネスの性格には特に目を引くところがなく、そのため読者は彼女の運命にあまり興味を持てない。しかし物語は、『嵐が丘』ほどの力強さと独創性はないものの、はるかに心地よいのである」とあり、ここでもヒロインは地味で目立たなく、物語は力強さに欠けるとされている。また、ジョージ・ムアも『イーバリー・ストリートの会話』（一九一〇年）において、アンを評する際にオースティンを引き合いに出している（253）。

（6）『アグネス・グレイ』のテクストはクラレンドン版を使用。引用はすべてこの版に依る。

（7）アグネスの父は親から譲り受けた「ささやかな土地」を持っていたが、投資のために土地を売ってからは「補助司祭としての乏しい収入」でやっていかなければならなかったとあることから、永久補助司祭（perpetual curate）であることがわかる（第一章）。ハットフィールドは主任司祭（rector）であり、ロザリーには「年収が七〇〇ポンドもない貧しいハットフィールド」と呼ばれているが（第一四章）、アグネスの父よりもはるかに裕福である。アグネスの父と同じく北イングランドの村の教区教会で永久補助司祭であったパトリック・ブロンテの年収は一七〇ポンドであった（Barker 105）。

（8）ヒロインによる一人称の語りの限界はアグネス自身の道徳的基準の描写のみならず、ウェストンの描写にも感じられる。ウェストンの影が薄い、理想的に描かれすぎている、という批判は小説刊行当初からあった。アグネスの恋愛対象であるため、批判的な視線が注がれないことは仕方がなかったということであろうか。次作では語りの構造を複雑にすることで、この問題を解決している。

（9）ウェストンについては彼が訪れた教区の病人の妻が「あの方［ウェストン］だって司祭さまからもらう以外にお金は持っていらっしゃらないし、それだって少ないっていう話ですよ」（第一一章）と語っている。因みにパトリック・ブロンテが初めてウェザーズフィールドで補助司祭になったときの収入は年六〇ポンドであったという（Barker 14）。なお、アグネスのマリー家での報酬は年五〇ポンドである（第六章）。

（10）パトリシア・インガムは、この件については本論とはまったく異なるが興味深い見解を示している。すなわち、召使いたちに対するアグネスの態度を、マリー家においてミドル・クラスの身分を保つためには召使いと距離を置くことが必要だからと説明するのである。他方、マリー家の土地に住む労働者に親切にするのは、アグネスが地主の家からやって来るため、いわゆる「恵み深い女性」（lady bountiful）を演じることができ、自らの階級を示すことができるからであるという（109）。

（11）この道徳改革運動を先導したのは福音派の信徒で有力な下院議員でもあったウィリアム・ウィルバーフォースである（小嶋 193）。また、モアの著書『道徳的素描』（一八一九年）はブロンテ家の蔵書にあった（Barker 145-46）。なお、モアは安価な小冊子も数多く執筆していることが知られているが、こちらは下層階級の宗教教育のためであった。ただし、主たる購買層はミドル・クラスであったという（Stott 176）。

（12）ロザリーは後悔の原因を突き詰めて考えようとはしないが、作者にとってこの問題は次作『ワイルドフェル・ホールの住人』につながる。

（13）結局グレイ家の娘は二人とも国教会司祭と結婚するが、一方で母のアリスは夫の死後、この宣言どおりに正直に働いて生計を立てていく。

（14）シャーロットも『ジェイン・エア』の中でこの「ローマの信徒への手紙」のことばに言及し、

「私はその創造物のために神が見えなくなっていた」と書いている（第二四章）。ロチェスターと婚約後のジェインの様子を描く表現だが、そこにはこの後事態が暗転することが予示されている。なお、シャーロットは『ジェイン・エア』執筆前に『アグネス・グレイ』の原稿を読んでいるので、『アグネス・グレイ』と『ジェイン・エア』のこの箇所には影響関係があるかもしれない。

（15）マリー家でも、アグネスが初めてやって来た日の翌日の一一時ごろ、初めてマリー夫人が姿を見せていた（第七章）。

（16）福音主義的信仰に裏づけられたミドル・クラスの道徳性を説く小説として、例えば先に名を挙げたハナ・モアの大評判となった唯一の小説『妻を探すシーブレズ』（一八〇八年）があるが、この小説は家庭における母・妻・娘としての女性の役割を強調するものであった。

引用・参考文献

Allott, Miriam, editor. *The Brontës*. 1974. Routledge, 1995.

Barker, Juliet. *The Brontës*. Weidenfeld and Nicolson, 1994.

Brontë, Anne. *Agnes Grey*. 1847. Edited by Hilda Marsden and Robert Inglesfield, Clarendon Press, 1988.

Brontë, Charlotte. "Biographical Notice of Ellis and Acton Bell." *Agnes Grey*, by Anne Brontë, Penguin Books, 1988, pp. 51-58. Originally published in *Wuthering Heights and Agnes Grey, by Ellis and Acton Bell*, 1850.

Eagleton, Terry. *Myths of Power: A Marxist Study of the Brontës*. 2nd ed., Macmillan Press, 1988.

Gaskell, Elizabeth. *The Life of Charlotte Brontë*. 1857. Penguin Books, 1997.

Inboden, Robin L. Introduction. *Agnes Grey*, by Anne Brontë, edited by Robin L. Inboden, Broadview Press, 2020, pp. 9-32.

Ingham, Patricia. *The Brontës*. Oxford UP, 2006.

Langland, Elizabeth. *Anne Brontë: The Other One*. Macmillan Press, 1989.

Lock, John, and W. T. Dixon. *A Man of Sorrow: The Life, Letters and Times of the Rev. Patrick Brontë 1777-1861*. Nelson, 1965.

Miller, Lucasta. *The Brontë Myth*. Jonathan Cape, 2001.

Moore, George. *Conversations in Ebury Street*. Boni and Liveright, 1910.

Stott, Anne. *Hannah More: The First Victorian*. Oxford UP, 2003.

Thormählen, Marianne. "Literary Art and Moral Instruction in the Novels of Anne Brontë." *Brontë Studies*, vol.

48, no. 4, 2023, pp. 282-95.
小嶋潤『イギリス教会史』刀水書房 一九八八年。
『聖書』聖書協会共同訳 日本聖書協会 二〇一八年。
リヴィングストン、E・A編『オックスフォード キリスト教辞典』木寺廉太訳 教文館 二〇一七年。

『アグネス・グレイ』における植物と植物学――伝統と現代を示す二重の構造

侘美　真理

1　アン・ブロンテの自然観と伝統的価値観

アン・ブロンテの「自然（Nature）」に対する見方や考え方、すなわち自然観は、小説『アグネス・グレイ』（一八四七年）を取り上げた場合、主人公アグネスの動物や植物に対する心のこもった触れ合いや慈しみの態度にそれが表されているとまずは捉えられる。バーバラ・T・ゲイツは一八世紀から続く「女性の博物学（自然誌）作家」（female natural-history writers）（257）の系列にアン・ブロンテを位置づける。一八世紀にはサラ・トリマー（一七四一－一八一〇年）やメアリ・ウルストンクラフト（一七五九－九七年）など、女性や子どもに対する進歩的な教育を説く思想家や教育者が現れたが、彼女たちはまた自然に対する敬意や動物に対する優しい心遣いが「大人」になるうえで特に重要であることを唱えた作家でもあった。ゲイツはトリマーの『寓意の物語』（一七八六年）やウルストンクラフトの『実生活からの物語集』（一七八八年）を例に取り上げ、これらが「動物に優しく接することを論じて子どもたちに道徳を教えようとした初期の例」（257）であること、つまり一八世紀の啓蒙的な思想がアンの教育的・文化的土壌であることに言及している。

確かに一八世紀後期に書かれた子ども向けの教育書や教訓的寓話の影響を『アグネス・グレイ』に認めることができる。小説中、アグネスは七歳の男の子トム・ブルームフィールドが鳥の巣を見つけてはヒナを痛めつけて遊ぼうとするのを、何とか引き留めようとする。「このような娯楽は道義的に悪いこと」(the evil of this pastime)(第五章)であり、「下等」と考えられる動物であっても「情け」をかける(merciful)べきである(第五章)と訴えるその考え方は、大筋において一八世紀のモラルと教訓を受け継いでいると言える。たとえば『実生活からの物語集』においてウルストンクラフトは、動物には「優しい心を持って接し、動物より優れたその資質でもって動物には見えない悪を取り除いてあげること」(372)が重要であると述べているが、アグネスがトムからヒナを守る行為はまさにそれに当たる。アグネスはさらに、トムの叔父であるロブソン氏が子どもたちに野蛮な行為をけしかけていることに心を痛め、彼の動物に対する容赦ない態度にトムの将来の姿を認めて心配するが、ウルストンクラフトもまた動物を虐待する者が父親になると、子どもに残酷であれと自ら示すようになるばかりか、その子どもまでを虐待する可能性があることを示唆し、残忍性や虐待が世代間に引き継がれることを危惧する(373)。

動物に対する慈愛のみならず植物を愛でることも、一八世紀後期の教育書によく取り上げられた主題である。アン・B・シュタイアーによると、リンネの植物学とその分類体系は一八二〇年代頃まで英国の植物文化に大きな影響を与え続け、リンネの植物分類学を基にした書物は、一般の大人向けのものから母親、若い女性、子ども向けなど読者層を絞ったものまで数多く流布した（30）。特に植物の研究は若い女性の教育と自己修養と結びつけられていた。植物を観察することは女性が敬虔な心と健康を得る手段として、また動物や昆虫を対象とすることに比べれば殺害や解剖といった残忍性のない学習方法として、そしてまた日常のレクリエーションとして推奨されていた（Shteir 35-36）。花を擬人化し道徳的な詩を添えることで女性の純潔や母性は強調され、また『実生活からの物語集』のように、当時多くの書物が、師と生徒、あるいは親と子どもの対話形式を通して植物と関わることの道義的な意味や子どもへの教育方法のあり方を諭していた。[1] そうした植物学と教育の融合、信仰心と知的好奇心に訴える植物文化の伝統はヴィクトリア朝に入っても続き、小説中のアグネスと副牧師ウェストン氏の草花に対する関心や、花と花言葉を介した愛情深い対話は、このような一八世紀の植物にまつわる教育が背景にあると理解される。一九世紀初期の福音主義の運動もまた、家庭と宗教的実践を結びつける信条から植物学と折り合いがよく、植物文化の継承に一役買っていたことが指摘されている（Shteir 173）。

アグネスとウェストンは命ある生きものすべてに敬意を払い、またそうした心は貧しい人々を導き、助けていくための慈善心の育成に必要なものと考えている。[2] このような考え方は基本的に、上述したような一八世紀の啓蒙的な価値観や福音主義の信仰などが素地にある。『アグネス・グレイ』という小説は表向きには、信仰と道徳の道を第一義とする物語として明確に提示されており、物語の展開からしてもこのような伝統的な自然観が基調となるはずである。動植物との優しく真摯な触れ合いが人を成長させ、善なる人格を形成していくというプロセスは、ある程度前提として埋め込まれていると言える。しかしまた一方で、以降に示すように、一般的な自然観および博物学というジャンルは一九世紀前半にはその方向性が変容する。その時代の「科学」の領域における経験主義や物質主義の潮流が明らかになると、その新しい視点は徐々に庶民の自然観や博物学的関心にも反映され、「自然」とモラル、「自然」と宗教のそれまでの充実した関係性は、チャールズ・ダーウィン（一八〇九－八二年）の登場を待つまでもなく、一九世紀中頃に至るまでにはすでに崩れ始めていたとも言える。本稿では、一八四七年に出版された『アグネス・グレイ』にその兆候の一端を見て取り、主に植物とアグネスの関係からそれを明らかにしていきたいと考える。

2　一九世紀初期の自然神学と植物学の傾向について

本論に入る前に、前述した自然観や教育的価値観の根幹にある自然神学（natural theology）の傾向についても整理しておく。この時代の博物学はまずもって自然神学の影響下にあり、つまり自然を研究することは神の「デザイン」を理解することに等しく、また神の存在の証明ともなった。従来指摘されているように、ブロンテ家の蔵書にはウィリアム・ペイリー（一七四三―一八〇五年）やトマス・ビューイック（一七五三―一八二八年）の著作があり、自然神学がブロンテ家の自然観の基盤にあったことが認められる。

博物学への関心の高まりと同時にロマン主義が起きたが、ブロンテ家の子どもたちが成長する時期にはそのどちらもが自然神学の影響下にあった。自然神学は自然の研究を、大地の偉大なるもの（the earthly grandeurs）と「神の創造（Creation）」によるデザインを崇敬するための一つの手段として承認した。つまり教会と科学は当時のダーウィン以前の時代にあって心地よい関係を維持していた。【中略】博物学は道徳的に役に立つものとして正当化され、（父親のブロンテ氏が支持していた）「福音主義」の運動も、野鳥観察や地質学への従事に宗教的な意義を認めていた。（Alexander and Smith 339）

引用に端的に記述されているように、神が創造した「自然」の偉大なる美と驚異、またその意図と設計なる「デザイン」を理解すること、さらにその理解を通して道徳心を形成することを自然神学は目的としていた。そのため博物学もロマン主義も、自然事物の背景に見え隠れする崇高な領域に限りなく接近することを理想とし、特に博物学は自然神学の一領域として扱われることでその意義が認められていたのである。

しかし、「自然」の研究は神の「デザイン」に容易に到達できるほど単純なものではなかった。ジャニス・マクラレン・コールドウェルは、神がもたらす二つの知である「聖書の書（the Book of Scripture）」と「自然の書（the Book of Nature）」の慣例的な並置とその対立が、一九世紀前半における一般大衆の自然観に少なからぬ影響を与えていることを指摘する。シャーロット・ブロンテは父親から「この世で最も優れた書は何か」と聞かれ、まず「聖書」と答え、次に「自然の書」であると答えたとされる（Gaskell 47）。このように二つの書は常に並置され、比較され、相補的な関係を維持すると同時にアナロジーを通して緊密に結びつけられることで、「自然」の秩序は神の秩序であるとみなされていた。一方、コールドウェルの指摘は、これら二つの書の二重構造はかえって「二つの知のありかたの分離」（1）を明らかにする契機にもなり、伝統的な神学と新しい実証科学の拮抗する関係を発展させることになったと述べる。

たとえばペイリーでさえもこの「分離」を明らかにしている。代表的な著述である『自然神学』（一八〇二年）の中で彼が主張したのは、動植物が示す世界の完璧な「適応（adaptation）」ではなく、むしろ不完全なる「仕掛け（contrivance）」のほうであった。自然を研究すれば思いも寄らない特異で不可思議なものに遭遇するもので、神の「デザイン」は計り知れないとも主張している。「ペイリーは【中略】仕掛けが不完全であることや、神の考案について我々が今は無知であることに驚き、彼の自然神学はまさに二つの書のアナロジーの関係が希薄であることを強調した自然神学であった」（Caldwell 13）。このように神のデザインに到達することを留保する態度は、二つの領域を結びつける他の何らかの法則を探究することに繋がっていく。また、自然界を観察し、より多くのデータを積み上げることにも結果的に寄与し、科学における経験主義や物質主義への潮流を生み出したとも言えるのである。ブロンテ家の子どもたちは確かに自然神学の教えを受けたと考えられるが、その内実は神学と自然、超越的存在と物理的存在、精神性と物質性の対立や拮抗に関する議論を目の当たりにしていたとも考えられる。[3] ブロンテ家の教育の素地と背景には、先の引用で述べられているように一八世紀から続く博物学への啓蒙主義的な関心や、同時期に起きたロマン主義の影響が認められる一方、彼らが育った一九世紀初頭という時代を考慮したとき、自然と宗教の「心地よい関係」の危うさをも認識していたと考えられるのである。

この二つの書の信仰は一九世紀に至ってもはや慣例であり、その比較設定は大衆的なものであったが（Caldwell 9）、「植物学（botany）」もまた一八二〇年代以降、「科学」の一領域として一般庶民に広まっていく。以前から女性の教育や教養のために数多く出版されていた植物に関する書物も、この時代になると「科学」としての"botany"を強調するタイトルが増えるようになる（Shteir 160）。シュタイアーは植物学がその頃アカデミアにとどまらず、専門性の高いプロフェッションとして中産階級に広まり、園芸や花卉（かき）栽培など実用を兼ねた専門教育と共に発展していったことを指摘している（151）。また一八三〇年頃から、それまで植物学において支配的であったリンネの生殖形質に基づく分類が、生理学、解剖学、形態学に基づく新しい分類に取って代わり、新展開を迎えるようになった（Shteir 163）。[4] この新しいシステムは「機能（function）」以上に「形態（form）」に着目し、植物の形状や構造に関心の中心があった。さらに、そうした形態学への関心は、自然神学が同じ時期にやはり形態学に基づいた法則やパターンをデザイン論に見出していく (Caldwell 15) ことにも呼応する。このように博物学が伝統的な自然神学の一領域から「科学」へと移行し、かつ複数の領域「動物学、地質学、生理学など」に分化していく中で、その一分野の新しい領域として現れ始めた「植物学」もまた、それまでの神性、精神性、道徳性を求める自然研究から、観察、解剖、実験といった実証的な科学研究の方法を採用した。中でも虫眼鏡や顕微鏡を用いて植物を観察する方法は庶民の間でも流行する。こうした「植物学」の大衆への普及には、それまでに培われた植物文化と植物を愛する価値観の浸透があった。

アンが小説を書き始めた頃、このように博物学はすでに大衆的な科学を代表するものとなっていた。「大衆的な科学」とは自然のすべてを愛でる態度そのものであり、専門的な個別の「科学」とは区別されることにもなる。「博物学の守備範囲は現実的には自然に関する野外研究のすべてを含み、そのすべてを統合する大きな力」(14)を持ち、専門の「科学者は自然のほんの一部を研究するに過ぎなかった」(12)とリン・L・メリルは説明する。しかしながら、専門科学における唯物的傾向は大衆の興味と関心にも引き継がれ、人々の対象は物理的な自然とそのフィジカルな形態に向けられていく。特に植物学は大衆と専門家の境界が曖昧な領域でもあった。[5] また、ヴィクトリア朝の女性にとって、植物に関する知識は以前から教養や自己修養のために必須だった一方、ガヴァネスのように専門知識やある程度のラテン語を理解する職業に就く者には、「植物学」そのものへの関心も求められた。以降の節で示すように、小説中のアグネスは植物に博物学的な関心を持っている。そして、その関心によって、善良なる道徳的人物とはまた異なるアグネスの一面が示されてもいる。次の節より『アグネス・グレイ』の分析を始め、モラリストとして語るアグネスの教育的な語りと同時にテクストが内包する、ある二重性を明らかにする。

3 『アグネス・グレイ』――①アグネスと動物の比喩関係

アグネス・グレイは、最初の勤め先であるブルームフィールド家で、一年も経たないうちに事実上の首になる。その原因の一つに、アグネスが主人に対して自分の意見や存在を明確に示し始めたということがある。アグネスは、トムが生け捕りしてきた鳥のヒナを義務感から自ら殺してしまうというショッキングな事件を起こすが、その直後に動物の扱いについてトムの母親と「口論に近い」（第五章）議論をする。言論による雇い主への反抗のみならず、石を落としてヒナを殺すという行為自体もアグネスの肉体の強さや暴力性の潜在を示し、このようなガヴァネスらしからぬ言葉と行動の双方はブルームフィールド家にとって十分に危険因子となる。他方で、この大胆な言動はアグネス自身が肉体的に成長し、精神的には独立心が芽生えたことを示してもいる。勤め始めた頃およそ一八歳であったアグネスの肉体は健康的であり、既に成熟していたものの、実家では「母と姉の見立てからすればまだほんの子ども」（第一章）のように扱われ、「心の落ち着き」（self-possession）（第二章）も一五歳以下であると自己評価するなど、精神的未熟を抱えていた。しかし、ブルームフィールド家でガヴァネスとしての実地経験を経て、アグネスはまず子どもに対する考え方を見直すと同時に、子どもが示す「動物」と「野蛮」の世界から独立すること、また自分自身も社会に認められるべく心身共に健全な「大人」になることを目指していく。

ガヴァネスになる前のアグネスは、「自分が子どもの頃に何を思い、どのように感じていたかをはっきり覚えているから、それが私を導いてくれる」（第一章）と考え、これを子どもに接する際の教育方針とする。子どもへの共感が彼らの信頼や好意を得ることにつながり、また彼らの過ちを正すことにもなると考える。子どもの感覚や感情を重視し、「子どもの状態から大人の状態への明らかな連続性」（Shuttleworth xii）を想定する考え方は、ロマン主義的な子どもの価値観に基づいていると言えるだろう。また、アグネスはジェイムズ・トムソン（一七〇〇－四八年）の『四季』（一七三〇年）から「春」の一部を引用し、「若者を教えながら、その考えていることをいかに芽生えさせればよいか」と語り、続けて「かわいい草花たちの面倒を見て」（train the tender plants）、その「蕾が花開いていくのを見守る」（watch their buds unfolding）（第一章）ことを教師の喜びと思うと述べるなど、立て続けに春と植物の喩えを用いながら子どもの教育に対する理想を表す。トムソンの『四季』は自然をうたう詩であると同時に、「様々な事物の中に統一者たる神を示す秩序を見出す」（小口 246）ことを目的とし、自然神学の考えを内包する。これらを併せると、ガヴァネスになる前のアグネスは、ロマン主義的な子どもの価値観と伝統的な自然観を結びつけ、子どもの善なる心を草木のように成長させることで美徳と宗教の世界に導くことを、教育上の理想としていることがわかる。しかし、この理想と方針はブルームフィールド家の現実の子どもたちと接することで修正を迫られていく。

ブルームフィールド家の子どもたちは植物ではなく、虎、熊、豚などの動物に喩えられ、コントロール不能な野生児として描写される。「狂乱じみて手に負えない」(frantic and ungovernable)(第三章)子どもたちは、動物を虐めるなど「野蛮な行為」(barbarities)(第五章)にもふけり、「人間的な(humanized)性質」(第三章)や「人道」(humanity)(第五章)からはほど遠い存在である。多少の誇張があるとは言え、アグネスの言葉からは、現実の子どもの世界がロマン主義的な善に満ちるどころか、動物と野蛮と狂気に近い領域にあると捉えられていることが理解される。「悪しき徴候をまだ蕾のうちに摘んでおかなくてはならない」(第三章)と吐露するなど、子どもの悪意や狂気の性質を矯正する考えを示し始める。たとえばサリー・シャトルワースは、このことについて、ダーウィン登場以降に親や心理学者を悩ませることになる、子どもと動物の近接性という問題意識の萌芽を見て取り(xii)、子どもが「下等な形態の存在」(xviii)に位置づけられていると述べる。さらに、アグネスと子どもたちの関係に着目すれば、確かにそれはヒエラルキーの下位にある者同士の生存競争のようでもある。アグネスは子どもたちと格闘する様を「力比べ」(a trial of strength)と呼び、相手は「勝つたび」(every victory)に「次の闘い」(a future contest)に向けて自信を増してくると訴え(第三章)、ここで子どもたちとの関係はもはや教師と生徒のそれではなく、「動物」間の競争という喩えで表される。ブルームフィールド家における食べ物と肉の意味作用を議論したマリリン・シェリダン・ガードナーが指摘するように、この一家の特徴的な肉食傾向は彼らの物質的欲望を比喩的に表し（52）、この家庭では「食べる」ことなくしては生きていけない。つまりそれはまた「アグネスの生存のための必須要素」（Gardner 45）でもある。実際、子どもたちは食べ物をかけた闘いを挑み、最終的に食事にありつけることをアグネスへの勝利とする。

このような格闘の中、アグネスは感情を抑えられずにトムやメアリアンを腕力で押さえるなど自己統制を発揮できない場面が増え、また自身がその「下等な形態」に連なることを不安視する。この傾向は次に働くマリー家でも顕著であり、「手に負えない野蛮人の種族の中で暮らさなければならないとしたら【中略】自らも野蛮人になってしまう可能性」（第一一章）に言及している。また、家父長制のヒエラルキーが堅固に保持されるブルームフィールド家の中で、アグネスは「動物」と同じ立場にも置かれている。女性でありガヴァネスである弱者のアグネスと「動物」の同一視は以前から議論されており、たとえば、銃を手に取ったロブソン氏がアグネスの顔をじっと見つめ、またすぐに目を背けるという侮蔑的な行動には、いつでもアグネスが狩りの対象になり得るという比喩的な意味があり、犠牲になったヒナと同一視されているという分析がある（Berg 188）。これが示すように、ブルームフィールド家にいる限り、アグネスは常にヒナと同じ運命をたどり排除される可能性がある。自分の存在を確立させるには「力比べ」が必要な世界に居て、ヒナに石を落とす行為はアグネスの現実の腕力を露呈し、同時にその行為は自らが「子ども＝動物」同士の闘いに参入してしまったことを明らかにする。石を落とした時に飛び散ったはずの血が「食べるか、もしくは食べられるかという俗な世界に包含されたこと」（59）を決定づける、とガードナーも述べる。ブルームフィールド夫人は、生き物とは「魂を持たない獣」（第五章）であると述べ、上位にいる人間たちの楽しみと慰みの道具であると伝統的な自然観を示すが、むしろ彼女の子どもたちが披露する動物的世界は、欲望や目的を持った個体間の弱肉強食に基づく生存競争のようでもある。アグネスが子どもたちを植物ではなく動物に喩え、新興階級のブルームフィールド家の家族全体を動物的世界として描写するのは、旧来の自然観の対照として示されているとも言えるだろう。

「動物」と同一化した世界を去ることとは、野蛮で下等な子どもの状態から抜け出すことでもあり、独立心をもった「大人」に成長することでもある。次にマリー家のガヴァネスとして勤め始めたアグネスは、かつての動物との関係性を覆い隠すかのように再び「植物」の比喩を用い始め、特に積極的に自己を植物と同一視するようになる。また、アグネスはガヴァネスとして働く以上に個人としての生き方を模索し始める。その姿は、マリー家の長女ロザリーにライバル意識を燃やすことに端的に表れていると言えるだろう。成熟した健康な身体と美貌を備えたロザリーは、一八歳になると社交界デビューし「結婚市場」に参入するが、二十歳を過ぎたアグネスもウェストンをめぐるライバル意識をロザリーに対して募らせる。[6] 自ら自己同一を図る対象が草花や植物へと切り替わるのは、まずは自身の道徳的優位性を示すためであるが、他方でこの同一化にはダブルの意味合いがあると考えられる。次節においてその関係を考察する。

4 『アグネス・グレイ』――②アグネスと植物の比喩関係

マリー家で働き始めたアグネスは自身と植物の関係性を提示することで、ブルームフィールド家やマリー家の子どもたちとは異なる類の人間であり、忍耐強く、また美徳を備えた「大人」であることを強調する。最初に植物の喩えが用いられるのは、マリー家で働き始めた翌朝である。目覚めた最初は自分の境遇と心境を、まるで魔法にかけられて異国に飛ばされたようであると述べるが、すぐに言い換える。

いや、あるいはこうも言えるかもしれない。風に遠く飛ばされたアザミの種がどこか見知らぬ辺境の地へと降り立ち、その地で根付き芽生える（take root and germinate）前に、およそ肌の合わない土壌（uncongenial soil）の上で長いこと身を横たえながらじっとしている、そしてできるものなら、自分には合わないと思える土壌から何とか養分を抽出しようとしている（extracting nourishment）、そんな感じだった。（第七章）

打ち捨てられた寂しさと同時に、一変した環境への淡い期待が入り混じる心情を、植物が不慣れな土壌を試しながら養分を吸収し始める状況になぞらえる。この一見平凡な喩えはアグネスにとって戦略的な意味がある。ブルームフィールド家の屋敷で、牛肉に代表される「歓迎できない食べ物を強いられ」（Gardner 60）、その「養分」を「生存」のために嫌々ながらも吸収していたアグネスの基本的な状況、つまり慣れない文化に適応しなくてはならない状況は、マリー家の屋敷でも変わらない。しかし、植物の喩えを用いることで「生存競争」の概念は薄れ、むしろ個人の忍耐心や不屈の精神が強調される。アザミ（thistle）は宗教や伝説において古来そのようなイメージが定着している。聖書ではトゲやイバラに連想される人間の困難や苦境を示し、またアザミのトゲが敵の侵入を阻んだと伝えられることからスコットランドの紋章ともなり、このようなイメージから強さ、意志、勇気、忍耐心の象徴でもある。さらに、「魔法」（enchantment）の喩えを用いた後で、“root”や“germinate”など植物に特化する単語に言い換えたことは、アグネスが少女のような発想から脱し、精神的な成熟度を増したことを暗に示しているとも言えるだろう。忍耐や不屈といった、ガヴァネスを始める以前から理想であった性質をここで改めて植物の比喩によって示し、自身にその潜在的な美徳があることをほのめかしている。

一方で、このアザミの喩えには隠された意味もあるだろう。植物学におけるアザミの属名“cirsium”はリンネによって同定されたとされる（“Bull Thistle, Cirsium vulgare (Savi) Ten.”）が、その植物としての特徴は繁殖力である。アザミはどんな条件でも繁茂するタフな植物として知られ、またある種のアザミは一七世紀頃から北米に広がるなど欧州以外の地にも広く自生し始め、浸食性が特質としてある。伝統的に雑草としてのイメージは強く、特にヴィクトリア朝ではその繁茂と浸食のイメージが花言葉の源泉となり、侵入や警告のメッセージを持つようになった（Rhys)。また、上述のアグネスの喩えにおいて、アザミのトゲではなく散種を強調し、また“root”や“germinate”といった園芸に用いられる言葉を使用していることが、この喩えの土台にヴィクトリア朝の植物学的な関心があることを示す。1の節で述べたように、女性の教養や人格形成といった文脈において植物や草花は因習的な女性像と結びつき、アザミの伝統的なイメージは一面で忍耐心やタフさといった個人の美徳を強調し、アグネスが社会に見合う「大人」であることを示す。他方で、その垣間見える植物学的関心と植生に関する性質への知識は、アグネスの潜在的な野心、つまり見知らぬ土地でも徐々に進出し、他を侵食する潜在性を保持していることを示唆しているとも言えるのである。動物の比喩によって半ば顕わとなった競争の原理と戦略を植物によって覆い隠しつつ、同時にそれは維持されている。

アグネスが植物と自己同一を図るもう一つの例が、土手に咲く三本のプリムローズの花の描写である。教会からマリー家の娘たち、ロザリーとマティルダがお仲間の紳士たちと連れ立って帰る際、紳士たちはガヴァネスが「見えていない」、あるいは「見えていないようにしきりに見せかけており」(第一三章)、アグネスは自身が仲間外れにされていることを実感しつつ一人歩いている。そして懐かしい故郷を思い出させてくれる「何かなじみの花」(第一三章)がないか探していると、ふとプリムローズが目に留まる。そのためこのプリムローズはアグネスにとって、ストレスへの対処法、かつノスタルジアの強化として機能しているなどと分析されている(Hay 125)。しかし、ここでも植物学的な関心を伴っていることに着目すべきだろう。お仲間から遅れ始めたアグネスは、土手と生垣の「植物採集(botanize)」と「昆虫採集(entomologize)」(第一三章)を始めたと述べ、またこれまでも鳥や虫、木や花の観察に時間をかけていたと言う。昆虫への博物学的関心は、第一七章でツチボタルの生態を人間の求愛行動に喩えることに示されているが、このように散歩しながら採集や観察を行う行為は、当時確かにストレスへの対処法として認められていた。それは感情を落ち着かせ、また心も体も爽快にさせる行為であり、忍耐強い性格と徳のある長い人生を保証する(Scourse 53)ものとして、植物学や博物学の流行を促進した。アグネスは心の癒しのために採集を行い、また研究に従事する人物として平和的で自制的な人間であることもアピールしている。

他方で、植物の採集と観察の基本は「同定」と「差異化」であることに注目したい。専門的な博物学ではまず対象を正確に同定し、そのうえで整理・分類することが必須である。また、その基礎には他の個体との差異を認定しようとする志向性がある。メリルは以下のように述べる。

> 博物学が探し求める個体や現象は、唯一無二の（unique）もの（つまり他のあらゆるものとまったく異なるという意味で目を引くもの）であり、また非常に奇妙な（extraordinary）もの（つまり風変わりであるがゆえに気をそそられるもの）である。この文脈において「特異（singular）」とされる事実は、今までまったく気づかれることがなかったもの、もしくは非常に珍しいものである。従って特異な事実には、個性的なものに対する神秘的な感覚、風変りなものに対する愛情が多少とも含まれる。（60）

このように博物学の根幹には「ユニーク」なものに対する関心があり、その作業はそれまで気づかれなかったが本当は着目されるべきものを探し出す。その対象は他と異なるもの、時に「風変わり」なものである。こうした眼差しは、実はアグネスがマリー家での「生存」のために求めているものでもある。伝統的な地主階級に属するマリー家は新興階級のブルームフィールド家より上の階級にあり、ガヴァネスのことを使用人のように「見えない」存在として扱う傾向がある。ブルームフィールド氏から執拗に監視・監督されていた状況とは異なり、マリー家の共同体ではそこに属しながらも最初から除外されている。一方、生徒たちからアグネスは「変わり者（queer creature）」（第七章）とみなされ、その話し方や考えも「彼女なりのものであり、お母さまとは全く違う」（第七章）異質な存在とされる。しかし、ロザリーだけは次第に「変わり者」アグネスに好奇心を抱き、敬意と愛情にも似た感情を持つようになる。ロザリーに評価されて始まった友人としての付き合いが、マリー家におけるアグネスの立場を徐々に安定させていく。さらに、ロザリーは次第にアグネスを監視し始めるが、それは同時にアグネスのウェストンへの想いを顕在化させることになる。自身がいかに「見えない」存在から「見える」存在となるか、その戦略を考えることでウェストンとの関係も維持されていくのである。

アグネスがプリムローズを目にしたときの状況に、本来は一個人として認められるべきであるにもかかわらず、存在を無視されたガヴァネスの苦境と心境がある。慣習や価値観の異なるマリー家の共同体にいて自身の個性と存在が評価されること、あるいは差異化によってまずは認識の対象とされることが、この時点のアグネスの生きる戦略である。プリムローズは確かに癒しを与え、郷愁を誘う花であるが、その花はまた異郷の地に三本だけ花を咲かせている貴重な、「特異」な植物であるかもしれない。なじみのない土地に変則的に咲いているからこそ目についたのかもしれず、アグネスはその特殊な状況に感情移入しているとも捉えられるだろう。

ヴィクトリア朝に女性たちが植物に熱中したのは、一つにはもちろん花が感情（sentiment）に訴えかけ、「物思いにふける」（第一三章）道具として使われていたからである。特に「ノスタルジアは花を用いた黙想（floral musings）の重要な一部を成していた」（Scourse 38）と言われる。たとえばブルーベルが子供時代を回想する詩の中で頻繁に取り上げられ始めたのはヴィクトリア朝期であるとされる（Scourse 42）。このように野生の花は特に女性の郷愁や黙想に利用され、アグネスのプリムローズへの想いはまずはその典型例として受け止められる。しかし、植物学の関心という観点から見直した場合、そこにはプリムローズによって喚起されるものに対する憧憬のみならず、目の前にある花そのものへの関心と理解がある。「植物学は対象の調査をしている場所と感情を関係づけるのに役立った」（Scourse 43）と同時に、「その対象の構造が持つ美しさ、紛れもない素晴らしさもまた好奇心の源であった」（Scourse 43）のである。アグネスにとっても、プリムローズは物思いや想像を膨らます道具であると同時に、現実的な、物質的な対象でもある。特にアグネスのような隠れた野心家にとって、植物学の眼差しと観察力は現実を見据えるために必要な素質であると言える。

さらに、植物は内面を隠す物語の構造上の道具としても機能しうる。花が持つ文化的なコードを利用しつつ、自らを花に投影し、花と同一化を図る視点が持ち込まれることで、アグネスの深層心理への理解が示唆されている。

5　伝統的な花言葉とコード化の否定

ヴィクトリア朝における植物の文化的なコードの代表が花言葉（the language of flowers, floriography）であり、それは「黙した言葉（mute speech）」として自分の思いや感情をひそやかに、また奥ゆかしく伝えるツールとして機能した（Scourse 37）。[7] 先のプリムローズの場面では、その直後に現れたウェストン氏が花を摘み、アグネスに渡しているが、その行為に若さや初恋という花言葉のメッセージを読むことが可能である。『ワイルドフェル・ホールの住人』の有名な最終場面は、当時花言葉がいかに日常的に用いられていたかをより直接的に示した例である。実際、当時の求愛や恋愛において花言葉の知識は必須であり、そのために多くの辞書が存在し、多くの「語彙」が形成された。カルトにも近い流行の中、「花を用いたコミュニケーションにおける微妙なニュアンスの違いは、植物に関心のある人が花を正確に同定する以上の違いをもたらし」（Scourse 38）、それは現実の植物の知識を拡大解釈したものであった。しかし、2の節で述べた科学としての植物学が広まる一八三〇年代、花言葉の書物や辞書も「植物学、芸術、道徳を融合した形で」提供されるようになり、各花の正確な同定や、リンネもしくは他の分類法における位置づけが明記された書物も出版される（Shteir 199）。女性の教育、また恋愛・結婚という社会行動において因習的に重視されていた植物の知識に、科学的探究の視座が加わることは、植物文化がもたらすコミュニケーションの綻びやコードの複雑化を生み出したとも考えられるだろう。そのような時代の変化を背景に生まれた『アグネス・グレイ』は、確かに花言葉を完全に否定するわけではないものの、花言葉から生まれる誤解や曖昧性を利用し、既定のコードとは異なる意義を植物に見出している。以下にその例を見ていく。

その一つの例が、ロザリーが手にするマートル（ギンバイカ）の小枝である。マートルは白い花をつけることから、花言葉は純潔と貞節である。また、その小枝はヴィクトリア女王が結婚のブーケに選んだことから結婚の象徴でもある。従って、ハットフィールド氏を前にロザリーがその青い目を「いたずらっぽく賛美者のほうへちらっと向けたかと思えば、今度は伏し目がちにマートルの小枝を見る」（第一四章）振る舞いが単純に示す意味は、一つには自身の純真さであり、また一つにはハットフィールド氏からの求婚を待っているという暗示である。しかし、ロザリーは戯れているだけで本当はそのどちらも伝える意図はなく、この行為によってハットフィールド氏を裏切り、騙すことになる。また、この行為はハットフィールド氏への嫌悪や侮蔑をかえって露わにし、彼女の正反対の素質が伝わり、「黙した言葉」として機能していたはずの花言葉の奥ゆかしさや繊細さも否定される。花言葉の役割そのものが否定されているというよりは、花言葉がもたらす誤解やずれによって生じる別の意義や意味を明らかにしていると言える。

アグネスにとっても花言葉は完全に機能しているわけではない。プリムローズの場面で、花を意中の相手に贈呈することを考えているのはウェストンである。彼は何気なくアグネスにスミレ（violet）の花が好きであるか尋ねるが、スミレは愛情を伝える花としてはバラと同じくらいに典型的である。慎み深さという花言葉をアグネスのイメージに重ねてもいる。しかし、当のアグネスはスミレは好きではないと答え、スミレが想起させる一般的な思いや感情が自分には欠如していることを伝える。このように、『アグネス・グレイ』において、花に因習的なコードや形式的な意味を持たせているのは実は男性側である。たとえばトム・ブルームフィールドも花壇に咲くポリアンサの花をアグネスに手渡す（第二章）が、これはあくまでも大人の型を模倣し、将来身に着けるべきマナーを実践しているに過ぎない。花に託すメッセージに心からの想いはない。ポリアンサという花はプリムローズと同じプリムラの種であり、ヴィクトリア朝にはダリアと同じように造園や園芸用に好まれた花である(Scourse 23)。トムとウェストンの二人の男性がプリムラの花を手渡す例が示されるのは、ただ文化的な慣習として提示されているのではなく、むしろその慣習を疑問視するためだろう。定型の花言葉や文化的コードによって、最初からその存在に「意味」の内在を想定する態度は、繊細な感情や感覚を通した真のコミュニケーションにつながるわけではない。むしろ花や植物の本来ある姿を観察し、理解しようとする姿勢、またその姿勢を基礎に人間同士のコミュニケーションを図る姿勢が、『アグネス・グレイ』における植物の扱い方に見て取れると言えるだろう。

『アグネス・グレイ』は花言葉の文化的な意義や機能を完全に否定しているわけではない。アグネスは、ウェストンに摘んでもらった三本のプリムローズのうち二本を生け花にし、一本を聖書に挟む。その行為にはウェストンの想いを受け止め、「記憶」する意味が込められており、女性らしい行為として描かれている。他方で、摘み取った花を生け、また押し花として植物を「記録」する行為も、これまた植物学の作業としてごく一般的なものである。つまりこの行為によって、伝統的な美徳や価値観を備えた女性と、現代的な科学に関心がある女性の二つの姿を表しているのである。さらに、このような二重性は、植物を道徳的なシンボルとして利用するアグネスの語り自体が二重構造であることを示す一つの証左ともなっている。(8) 冒頭で言及される「真の物語に含まれる教え」(第一章)とは、まずはいかに善良なる道徳的人物が形成されるかその過程についての教えであり、語り手アグネスの直接的なメッセージである。しかし、「ある人には面白い読みもの(entertaining)でしかないかもしれない」(第一章)とすぐに述べられるように、この物語には道義的な役割以外のエンターテイメント性が込められている。その内容は一つには新しい女性像の提供があるだろう。ここに新しい科学に関心を抱き、それを利用する女性像を読み取ることができる。アグネスもロザリーも一見、植物がもたらす伝統的なイメージを利用し、公には女性らしい美徳や性格が備わっていることを示そうとするが、両者はともに観察する人でもある。いつも対象を観察しながら、その存在の本質を見極めようとしている。各存在がユニークであり、無類であることを自身にも他者にも認めようとする、その過程と戦略が「記録」された物語としても読めるのである。

6 まとめ

一九世紀初期の新しい「科学」について、たとえばジェームズ・A・セコードは、観察や実験に基づく当時の様々な科学的発見は既存の体制に対抗する場合にも、またその秩序を守るためにも働いたと議論する。自然をどのように捉えるかという大問題は「科学」の中心にあり、関連する書籍の形態は専門的な科学雑誌の記事から、日常生活への影響を考察する一般的な書物まで多岐に渡った(6-7)。中でも博物学は自然を研究する包括的な分野として大衆的な学問であった。その博物学が自然神学の強い影響を受ける場合、その「科学」は伝統的な神の「デザイン」や「美」を自然物の中に見出すことを目的とした。もしくは、従来とは異なる新しい形で、それら自然の事物間に法則やシステムを見つけることで神のような権威性を立証しようとしていた。言い換えれば、それは何かしらの意味の内在もしくはシステムの定型を自然物の中に見出す作業であったと言える。一方、博物学の大衆化が進み、学問としての「科学」とある程度分離せざるをえなかったとき、自然はむしろ客体化され、物質化され、自律化した。メリルは「博物学は対象となる事物や事実そのものが興味深いがためにそれらを収集していた」(92)と述べ、続けて「博物学は多くの場合、ある一つの事実や事物とそれ以外のものとの『差異［区別］』(distinction)を楽しむものである」が、「科学」は「それらの間の『関係』(relation)を明らかにしようとし、その意味で対照的である。諸関係は一般化された法則という形をとるが、差異［区別］は展示(display)という形をとる」(92)と述べている。事物そのものをあるがままに「展示」し、特異性や特殊性に焦点を当て他と区別する眼差しが必要な学問が博物学であり、それが対象とする自然は、自然神学の「自然」のように常に相対的な関係性の中に存在するものではない。博物学は何か関係の定まった法則を追究するものではなく、個々に生きる存在を追究した。

一八四七年に出版された『アグネス・グレイ』には、一九世紀初期における植物学への関心の高まりや、植物をめぐる新旧の価値観が表れている。マリー家の子どもたちは絵や音楽など教養を磨く年頃にあり、社交のために植物の知識や花言葉を利用している一方、新興階級のブルームフィールド家では子どもたちのための花壇が造られ、流行の花であるダリアを咲かせるなど、当時の新しい園芸に取り組む状況が描写されるなど、植物教育の伝統から新しい植物文化の一端までが示されている。またアグネスは博物学的な関心を持つ主人公である。ガヴァネスとしての教養や専門的知識を備えた主人公は、その現代的側面よりも自己修養の教訓話を提供しようとするが、裏では階級の違いに対抗し、生存するための打算的な性格も見え隠れする。一見コントロールされた人物に見えるが、矛盾に満ちた人物でもある。その両義性はアグネスと植物の関係に注目することで明らかになる。アグネスが植物と自分を同一視するという姿勢は、語り手として自己を記号化する行為でもある。その植物にまつわる定型のイメージや意味がその記号に付与されることで、確かにアグネスの人格とその語りの内容は矛盾なく提示されることになる。と同時に、アグネスはその記号を読み解く眼差しに博物学的な視線を求める。それは対象に敬意を払うと同時に、個々の特異性や特殊性を理解しようとする視線である。アグネスは社会が求める道徳的規範に収まりつつ、「風変わり」な存在であることを認め、そのように「植物」としての自分自身を「記録」する。この語りの戦略には伝統と革新の二重性があるのである。

注

（1）シュタイアーは前者の例［花の擬人化と道徳性］としてたとえばフランシス・ローデンの『詩による植物研究入門』（一八〇一年）など（62）を、後者の例［師弟・親子の対話形式］としてたとえばシャーロット・スミスの『田舎の散歩』（一七九五年）やサラ・フィットンの『植物学に関する会話』（一八一七年）など（69, 89）を挙げる。また、科学的な体系としての植物学を初めて紹介した女性作家プリシラ・ウェイクフィールドの『植物学入門』（一七九六年）は書簡体で書かれている（83）。いずれも女性や子どもに向けて道徳的な教え、あるいは植物に関する教養や知識を伝える意図を持っていた。

（2）たとえば儀式を重んじる高教会派の牧師ハットフィールド氏が貧しい信者ナンシーの飼い猫を蹴りつけるのに対し、ウェストン氏は同じ猫を危険から救い出そうとする（第一一章）。この対照的な振る舞いにウェストンとアグネスの価値観が示される。

（3）神の「デザイン」への到達を留保するペイリーやウィリアム・ヒューエル（一七九四―一八六六年）などの当時の神学者の傾向、あるいはブリッジウォーター論集（一八三三―四〇年）のように地質学や天文学などの研究結果を採用し、「精神性（spirit）」を何らかの物理的な証拠や法則で証明しようとする傾向は、コールドウェルのタームでは「ロマン主義的唯物性（Romantic materialism)」と説明され、その影響を受けた作家としてシャーロット・ブロンテとエミリ・ブロンテが挙げられている。ともに精神性よりも物質性や肉体が強調される傾向があると論じられる。また、ジェイムズ・A・セコードは、アン・ブロンテが関心を抱いていたハンフリー・デイビー(一七七八—一八二九年)著作の『旅中の慰め』(一八三〇年)について、この著作もまた最新の科学研究をもとに当時の神学的論争の解決を図った新しいタイプの科学本であると説明している(43)。

(4) ジョン・リンドリー(一七九九—一八六五年)は中でも率先してリンネの体系を退け、大陸の自然分類体系を導入して植物生理学や形態学の理論を発展させた。

(5) その例としてギルバート・ホワイト(一七二〇—九三年)が挙げられる。リン・バーバーは、当時アマチュアの野外研究者と専門科学の室内研究者は決定的に分離していたと述べる一方、一九世紀初頭に中産階級の間で急に大きな人気を博すようになったホワイトは、その分離を唯一つなぐ存在として認められていたことに言及する(41-42)。「人気はホワイトの死後に著作が再版されたことによる。」また、リン・L・メリルはホワイトについて、観察と証拠に基づく厳密な経験主義を実践する博物学者であり、その姿勢がヴィクトリア朝において後の博物学者がとる基本的な姿勢、つまり従来の自然哲学的なアナロジーではなく、観察と証拠に基づく姿勢を決定づけたと説明している（23）。

（6）この「結婚市場」におけるロザリーとアグネスの「美」をめぐる関係、またアグネスの性的目覚めや「欲望」に関する議論は、拙論「『模倣』する『身体』」（『セクシュアリティとヴィクトリア朝文化』田中孝信・要田圭治・原田範行編著　彩流社　二〇一六年）を参照のこと。

（7）一説にはレディ・メアリ・ウォトリー・モンタギューが「トルコからの手紙」の中で、ハーレムの遊び「セラム（sélam）」の一つとして紹介したとされる。

（8）リンネの生殖形質に基づく分類が一八世紀後半以降の女性の性的知識に与えた影響、また植物が当時から二重の意味、特にモラルとインモラルの対照的な意味を持っていたことなどについてはエイミー・M・キングの著書を参照のこと。

引用・参考文献

Alexander, Christine and Margaret Smith, editors. *The Oxford Companion to the Brontës*. Oxford UP, 2006.

Barber, Lynn. *The Heyday of Natural History 1820-1870*. Doubleday and Company, 1980.

Berg, Maggie. "'Hapless Dependents': Women and Animals in Anne Brontë's *Agnes Grey*." *Studies in the*

Novel, vol.34, no.2, 2002, pp. 177-97.

Brontë, Anne. *Agnes Grey*. Penguin Books, 2004.

"Bull Thistle, Cirsium vulgare (Savi) Ten." *Friends of the Wild Flower Garden*, Friends of the Wild Flower Garden, 20 Apr. 2024. www.friendsofthewildflowergarden.org/pages/plants/bullthistle.html. Accessed 4 May 2024.

Caldwell, Janis McLarren. *Literature and Medicine in Nineteenth-Century Britain: From Mary Shelley to George Eliot*. Cambridge UP, 2004.

Gaskell, Elizabeth. *The Life of Charlotte Brontë*. 1857. Penguin Books, 1997.

Gates, Barbara T. "Natural History." *The Brontës in Context*, edited by Marianne Thormählen, Cambridge UP, 2012, pp. 250-60.

Gardner, Marilyn Sheridan. "'The food of my life': Agnes Grey at Wellwood House." *New Approaches to the Literary Art of Anne Brontë*, edited by Julie Nash and Barbara A. Suess, Ashgate Publishing, 2001, pp. 45-62.

Hay, Adelle. *Anne Brontë Reimagined*. Saraband, 2020.

King, Amy M. *Bloom: The Botanical Vernacular in the English Novel*. Oxford UP, 2003.

Merrill, Lynn L. *The Romance of Victorian Natural History*. Oxford UP, 1989.

Pickles, Sheila. *The Language of Flowers*. Pavilion, 1990.

Pike, Judith E. "*Agnes Grey*." *A Companion to the Brontës*, edited by Diane Long Hoeveler and Deborah Denenholz Morse, Wiley Blackwell, 2016, pp. 135-50.

Rhys, Dani. "Thistle Flower—Symbolism and Meaning—Symbol Sage." *Symbolsage*, 29 Dec. 2023, symbolsage.com/thistle-flower-symbolism-meaning/. Accessed 4 May 2024.

Rylance, Rick. *Victorian Psychology and British Culture: 1850-1880*. Oxford UP, 2000.

Scourse, Nicolette. *The Victorians and Their Flowers*. Croom Helm, 1983.

Secord, James A. *Visions of Science: Books and Readers at the Dawn of the Victorian Age*. Oxford UP, 2014.

Shteir, Ann B. *Cultivating Women, Cultivating Science: Flora's Daughters and Botany in England, 1760 to 1860*. Johns Hopkins UP, 1996.

Shuttleworth, Sally. Introduction. *Agnes Grey*, edited by Robert Inglesfield and Hilda Marsden, Oxford UP, 2010, pp. ix-xxviii.

Wollstonecraft, Mary. *The Works of Mary Wollstonecraft: Volume Four*. Edited by Janet Todd and Marilyn Butler, Pickering and Chatto, 1989.

Workman, Nancy V. "The Artwork of the Brontës." *A Companion to the Brontës*, edited by Diane Long Hoeveler and Deborah Denenholz Morse, Wiley Blackwell, 2016, pp. 249-64.

大場秀章『植物学と植物画』八坂書房　二〇〇三年。

小口一郎「変容する奈落：トムソン『四季』」『静岡大学教養部研究報告 人文・社会科学篇』二五巻二号（一九九〇年）二四六－二九頁。

ブラント、ウィルフリッド『植物図譜の歴史』森村謙一訳　八坂書房　二〇一四年。

〈女性のゴシック〉として読む『ワイルドフェル・ホールの住人』

木村　晶子

はじめに

屋根裏に幽閉された狂女、窓辺で「入れて」と叫ぶ少女の幽霊――ブロンテ文学には、明らかにゴシック的恐怖が見出せる。ゴシック小説が注目される批評分野となった一九九〇年代以降、ブロンテ姉妹の作品におけるゴシック的要素についても多様な論考がなされ、特にシャーロットの『ジェイン・エア』（一八四七年）と『ヴィレット』（一八五三年）、エミリの『嵐が丘』（一八四七年）を取り上げた評論書は数多い。(1) さらに女性作家のゴシック評論に限ると、これらの作品に関する記述が一層多く、ほとんどが『ジェイン・エア』について言及している。(2)

しかし、アンの『ワイルドフェル・ホールの住人』（一八四八年）をゴシック文学の観点から論じた評論はほぼ見当たらない。そもそもアンの批評自体が姉たちに比して圧倒的に少ないとはいえ、ゴシックの観点からも、やはりアンは注目されていないようである。確かに、超自然的要素のない『ワイルドフェル・ホールの住人』がリアリズム小説とされるのも頷ける。夫の放蕩やアルコール依存に苦しめられるヒロインのヘレン・ハンティンドンの悲惨な生活は、出版当時、物議をかもしたほどのリアリティに満ちており、当時の性の二重規範や既婚女性の社会的立場を浮き彫りにした。また、ヘレンのキリスト教的道徳意識の高さによってこの作品の宗教性が強調され、ゴシック的な反道徳性とは相容れないと解釈された可能性もある。数少ない『ワイルドフェル・ホールの住人』のゴシック的側面を指摘した論考としては、大田美和の「ゴシック小説のパロディー」(33)とする視点が示唆に富んでいる他、ゴシック的語りの構造に注目したジャン・B・ゴードンの批評がある。[3] ゴードンはゴシップ、日記、手紙の語りの質の違いと機能を中心に、この作品を『嵐が丘』のサブテキストととらえて比較しているが、語りの枠組以外のゴシック的特色については論じていない。

本稿では、『ワイルドフェル・ホールの住人』を一八世紀後半以降の〈女性のゴシック〉(Female Gothic)の伝統に位置づけるという新たな視点からの解釈を試みたい。この作品は、姉たち以上にアン・ラドクリフやメアリ・ウルストンクラフトらによる一八世紀末の〈女性のゴシック〉の伝統を受け継ぎ、さらに発展させた作品だと考えられるからである。〈女性のゴシック〉とは、フェミニズム批評の古典とされる一九七六年の『女性と文学』で、エレン・モアズが「女性作家によるゴシック文学」というごく単純な意味で用いた用語だが、このジャンルはフェミニズム批評の発展に伴って注目され続けている。『ワイルドフェル・ホールの住人』は、〈女性のゴシック〉的特色をもちつつ、新たなヒロイン像によって独自の作品空間を創造している。〈女性のゴシック〉の伝統の継承とそこからの隔たりを考察することにより、アンがブロンテ姉妹の中で最も先進的なフェミニズム作家であったことを示したい。

1 〈女性のゴシック〉

周知のように、ゴシック文学は一七六四年のホレス・ウォルポールの『オトラント城奇譚』が起源とされ、翌年の第二版の副題の『ゴシック物語』という名称に基づくのが通説である。貴族の手遊びだったこの小説の予想外の成功により、中世の異国、特にカトリック圏の城や修道院を舞台にして超自然現象を描く恐怖小説が、その後のゴシック・ブームの原点となった。その背景には、当時の産業革命による工業化・近代化があり、啓蒙思想に見られる理性への信頼や合理主義に対するアンチテーゼとして、闇に葬られる過去への憧憬や、超自然的存在がもたらす娯楽がゴシック文学の魅力となった。近代的テクノロジーの飛躍的進歩がゴシック小説という大衆的ジャンルの流行を支えた一方で、現実逃避的願望や反近代的要素がその人気を支えたと考えられる。

『ワイルドフェル・ホールの住人』は、娯楽とはかけ離れた意図で書かれた点ではゴシック小説とは異なっている。第二版の序文でアンは「この小説は、読者を楽しませるために書いたのではない」

「私は真実を話したかったのだ。というのも真実は、それを受け止められる人々には常にその深い意味が伝わるものだから」と述べており、当時の有産階級の生活の「真実」を伝える意義と必要性を示している。ヒロインの日記によって時代を遡る設定とはいえ、『ワイルドフェル・ホールの住人』は、「今、ここ」の現実を提示することで、ゴシック的な「かつて、彼方」の物語としての現実逃避的娯楽の享受ではなく、苦い現実に対する覚醒を促している。兄のブランウェルの投影とされるヒロインの夫のアルコール依存の悲惨さや、アンがガヴァネスとして見聞きした上流階級の男性の道徳的頽廃は、ヴィクトリア朝社会の根幹を成すリスペクタブルな空間であるはずの家庭の暗部を明らかにした。出版当時の批判だけでなく、それに対する擁護を意図したシャーロットの過剰なまでの拒否反応も、この作品に描かれた「真実」の重さの証に思える。[4]

しかし、「真実」の影響力を期待して書かれたとはいえ、〈女性のゴシック〉という観点からは、ゴシック小説の系統に位置づけることができる。注目すべき点は、ゴシック小説が単なる恐怖物語に留まらず、家父長社会における悪を暴く家族間のドラマを描いたことである。『オトラント城奇譚』は荒唐無稽な物語ながらも、息子の花嫁に対する領主の欲望を描くファミリー・ロマンスでもあり、小説に適した家族間の心理的葛藤を扱った。〈女性のゴシック〉というジャンルは、この心理的葛藤を特に発展させたと考えられる。このジャンルは、専制君主も幽霊も存在しない安全な家庭空間の意義を明確にすることで、家父長的イデオロギーを強化した一方で、弱者としての女性の悲劇を空想世界に転移させて反社会的メッセージを発信した。そこには、支配的イデオロギーに対する複雑な力学が見出せるだろう。

〈女性のゴシック〉の代表的作家としてモアズが取り上げたのが、ジェイン・オースティンの『ノーサンガー・アビー』（一八一八年）のヒロインも愛読していたアン・ラドクリフで、迫害されつつも勇気をもって生きるヒロインを描くラドクリフの小説が〈女性のゴシック〉の原型とされた。ラドクリフ以前にもソフィア・リーのゴシック的歴史小説や、クレアラ・リーヴの一七七八年の『イギリスの老男爵』もあったが、優れた情景描写やヒロインの主体性という点で際立つラドクリフの作品は圧倒的人気を誇り、彼女を模倣する作家も多かった。ラドクリフは、中世の異国という舞台設定や迫害されるヒロインといったゴシック的枠組を維持しつつも、より現実的なファミリー・ロマンスの要素を強調し、男性の蛮行の犠牲者でありながらも様々な葛藤をとおして成長するヒロインに焦点を当てた。

また、最終的に超自然現象に対する合理的説明がなされるのもラドクリフの文学の特色である。幽霊や超常現象と思えるものは、しばしば欲望の絡んだ複雑な人間関係による疑似的超自然現象に過ぎず、それらはヒロインが乗り越えるべき試練として機能する。ラドクリフの文学は、恐怖自体ではなく、恐怖を克服するヒロインの新たな成長に重点を置く。つまり、恐怖という最も根源的な情緒によって読者をとらえながら、恐怖に呑み込まれないで生きるべきだという教訓をもつ意味で、ある種の逆説的文学でもあり、その根底には感受性を理性によって抑制すべきだというメッセージがある。[5]

ジョン・ロックらによって意識のもとを形成する神経作用として重視された感受性は、外界に鋭敏に反応する能力や経験に基づく知識、他者への共感能力と結びつく点で、一八世紀では多分に道徳的な意味をもち、美徳の証となった。その一方で、過剰な感受性は個人の心情ばかりを重視して社会秩序を乱す不穏な感性、共同体や人間関係を壊しかねない自己中心性として批判された。特にラドクリフの創作期間に当たる一七九〇年代は、フランス革命の恐怖を背景にして感受性に政治的意味が付与され、英国での感受性批判が高まった時期でもある。ラドクリフはロマン主義で重要な〈崇高さ〉を表現しつつも、ロマン主義的な拡大する自我、想像力によって肥大化する主観に警鐘を鳴らしたと言える。

ラドクリフの代表作、一七九四年の『ユドルフォ城の謎』は、母を亡くして父と旅に出る貴族の娘エミリが主人公となり、ロマン主義的情景描写が目立ちつつも、実は感受性の抑制が重要な主題となっている。旅の途中で死に至る病に倒れた父がエミリに言い遺すのも、過剰な感受性に対する戒めである。感受性の鋭さを危険視する父は、「洗練された感受性よりも、忍耐強さ」が重要で、「ひとつの善行、真に役立つひとつの行為の方が、この世のどんな情緒より遥かに尊い」と娘を諭す（一巻第七章）。父の死後、悲しみにくれるエミリは、自分の感情に溺れずに他者を思いやる意義を教えた父に感謝する。監禁されたユドルフォ城でも、彼女は恐怖のあまり何度か失神するが、両親の死や恋人との別離の悲しみに溺れず、恐ろしい状況にも極力理性的に対処しようとする。さらに、城を脱出して恋人とようやく再会したにもかかわらず、彼の道徳的欠陥を知って別れを告げる。実際は彼の放蕩は歪曲されて伝えられており、結末では誤解が解けて二人は晴れて結ばれるが、エミリが彼を愛しつつも別れを決意し、苦しむ姿は、改めて感情の抑制の重要性を感じさせる。『ユドルフォ城の謎』は、中世の異国を舞台にしつつも、現実の家父長制社会における女性の苦境と、そこからの解放に必要な資質の模索を表現している。

2 『ワイルドフェル・ホールの住人』と『ユドルフォ城の謎』——感受性の抑制

こうしたラドクリフのヒロインの感受性の抑制と道徳的資質は、アンの文学に継承されていると思える。ガヴァネスの仕事に苦労しつつも教え子たちに愛されるほどの能力を発揮し、きょうだいの中で最も地に足がついた生き方をしたアンの人生を考えると、一八世紀文学が提示する道徳的問題に対するアンの深い関心はもっともだろう。エドワード・チタムは、アンがヴィクトリア朝で批判される偽善的精神とは無縁だったと述べ、人生の苦難を直視しようとする彼女の強い意志に一八世紀的精神を読み取っている（168-69）。またエリザベス・ラングランドは、ウィリアム・クーパーやトマス・モアらの宗教詩やサミュエル・ジョンソンなどの一八世紀の著作をアンが愛読したと指摘し、主人公の精神的成長を重視して情緒の抑制の有無の対比を描いたアンの道徳性に注目する（36-37）。アンのヒロインの自己抑制は、ガヴァネスや妻・母という社会的立場による必然である以上に、その欠如がもたらす害悪を露わにしている。特に『ワイルドフェル・ホールの住人』では、確かにヘレンの自己抑制と夫アーサー・ハンティンドンの自己耽溺の対比が描かれており、感受性に溺れることへの警鐘が見出せるだろう。

とはいえ、そもそもヘレンの結婚の不幸は、恋に溺れた悲劇、いわば彼女自身の過剰な感受性がもたらしたものだった。まだ一〇代の彼女が、経験豊富な美男子のアーサーに惹かれたのも無理はなく、彼女の日記には新たな欲望の目覚めが記録されている。伯母の再三の忠告や反対にもかかわらず、彼を更生させられると信じたヘレンの結婚は、まさに『ユドルフォ城の謎』のエミリが身を切る思いで避けようとした、放蕩者と運命を共にすることだった。万人救済主義ともされる宗教的信念によって、ヘレンは全ての罪人の救済を信じ、アーサーの地獄行きを案じる伯母にも反論する。彼の不品行は生育環境によるもので、息子の純真な喜びを禁じた父親と、ひたすら甘やかして悪を助長した母親の教育の失敗だと考えたヘレンは、「あの人のお母様がだめにしたことを妻が直してゆく」（第二〇章）という信念をもって結婚する。『ユドルフォ城の謎』でも、甘やかされて欲望を抑制できずに成長し、悪に陥る、城主の娘ローレンティーニが登場する。人間本来の欲望や情緒の抑制を教育によって学ばなければ幸福になれないというメッセージは、ラドクリフにもアンにも共通するに違いない。

夫アーサーと、友人のロウバラ卿の妻アナベラとの不倫関係がヘレンを苦しめる中、ヘレンの激情を抑えようとする努力は注目に値する。妻の不義を初めて知ったロウバラが、それを知りながら黙っていたヘレンをなじる場面でも、ヘレンはロウバラに同情し、怒りを抑えて対応する。

「それに、奥さん」と彼は歩くのをやめて、私の方を向いて容赦なくこう言った。「あなたもこんなひどい隠し事をして、私のことも傷つけているんですよ」

突然、私の気持ちが変わった。何かが私の中に起こり、心から彼に同情しているのに、情け容赦ないこのことばに腹が立ち、激しく応酬して自分を守りたくなった。幸いにも、私はそうした衝動に屈することはなかった。（第三八章）

感情を露わにしないヘレンに対し、「何事にもあなたは動じないのですね―私の性質も、あなたと同じくらいに平静だといいのに」とロウバラが言うと、ヘレンは「私の性質だってもともと平静だったわけではありません。辛い訓練を重ね、何度も努力を繰り返して、そう見えるように学んできたのです」（第三八章）と答える。ヘレンの冷静さは、実は努力の賜物だったことが窺える一節である。

また、『ユドルフォ城の謎』でも、『ワイルドフェル・ホールの住人』でも、ヒロインは過剰な感受性を抑制しつつ、他者への共感能力としての、いわば〈良き感受性〉を高め、その実践としての看病や看取りといったケアを行っている。『ユドルフォ城の謎』では、過剰な感受性が性的欲望に結びついて利己的な悪となるのと対照的に、〈良き感受性〉は利他的な善として描かれる。それは、自らの苦境にもかかわらず他者を思いやる優しさであり、見返りを求めずにその優しさを行為として表すことである。エミリの叔母は冷淡で、エミリの恋人との仲を引き裂き、悪党との軽率な再婚によってエミリの不幸を招いた人物だが、そんな叔母にもエミリは思いやりを示し続ける。ユドルフォ城で叔母が夫に監禁されて瀕死の状態になると、片時も離れずに看病を続け、亡くなった後は二日間も亡骸を見守って、「叔母の欠点や自分に対する不当で横暴なふるまいをすべて忘れ、叔母の苦しみだけを思って、深い同情を寄せるばかりだった」（三巻第五章）のである。

アンも、こうした思いやりとその実践としての看護を描いている。ヘレンは、必死で夫のもとから脱出したにもかかわらず、彼が孤独な病の床にあると知ると、看病のために戻る選択をする。そもそもヘレンが幼い息子を連れて家を出た背景には、夫やその仲間たちの悪影響から息子を守るという利他的理由があったとはいえ、夫のいる家庭を棄てる選択をした点で、当時の性道徳から逸脱したことは否めない。だが、エミリ同様に、自らの不幸の源でもある人物を看病し、看取ることで、ヘレンもまた、ケアという形での〈良き感受性〉の実践を示すことになる。ヘレンがギルバート・マーカムと結ばれる幸福な結末を迎えるには、アーサーが亡くなるまで妻としての義務を全うする必要があったとも考えられる。

ヴィクトリア朝の道徳的観点からは、夫の看護によって、ヘレンのヒロイン像は改めて〈家庭の天使〉として上書きされるだろう。この作品の五年後に出版されたエリザベス・ギャスケルの『ルース』（一八五三年）でも、自らの不幸の元凶となった男性をヒロインが看護することを思い起こしても、看護は性規範の逸脱を償う自己犠牲的精神の象徴的行為であり、〈家庭の天使〉の理想の実現であることがわかる。そうとはいえ、ヘレンの看護が最終的に夫の真の改心をもたらさないことから、〈家庭の天使〉の理想像を強調しながらも、その影響力を否定するアンのアンビヴァレントな姿勢をシヴ・ジャンスンが指摘している。またジャンスンは、そもそも良き母であるために良き妻の座を棄てざるを得なかったヘレンの選択が、良妻と賢母を両立し得ない〈家庭の天使〉の矛盾を露

呈するとも述べている。(44-45)

だが、さらに印象的なのは、〈家庭の天使〉の理想像には収まらないヘレン自身の強い自我である。『ルース』が他者に運命を翻弄されるヒロインを描くのに対し、『ワイルドフェル・ホールの住人』は自らの意志で人生を選択し続けるヒロインの物語だと思える。死の恐怖に慄くアーサーは、「君に触らせてくれ、君がここにいる間は、悪いことが僕に近づけないように思えるんだ」(第四九章)と語るほど、ヘレンに依存するようになる。彼女の自己犠牲的な看護は、それまでの夫婦の力関係を完全に逆転し、ヘレンの道徳性以上に、強さを際立たせる。ゴシック的な単純化された人物像とは異なり、アン独特のリアリズムはヘレンの人物造形を複雑なものにしている。その献身的看護も、アーサーの救済よりも彼女自身の人生の決着を目的にしているかのような印象を与え、彼女の慈愛よりも自我を印象に残す。結婚生活におけるアーサーによる妻の身体の支配と、ヘレンによる夫の飲酒の抑制の試みによって、それぞれの身体が夫婦の力の争いの場となるという指摘があるが(Jay 53-54)、最終的にヘレンはこの闘いの勝者となり、ギルバートとの結婚によって自らのセクシュアリティの解放も成し遂げると解釈できる。感受性の過ちともいえる結婚の苦労を経験しつつ、感受性を抑制し、〈良き感受性〉の実践としての看護の後に、愛する人との結婚という結末を迎える点で、『ワイルドフェル・ホールの住人』はラドクリフ的な〈女性のゴシック〉を継承している。ただし、アンは遥かに複雑で主体的なヒロインを描き、ラドクリフの女性像を超えたエンパワメントを表現しているだろう。

3　『ワイルドフェル・ホールの住人』と『マライア』——結婚の牢獄

前節で見てきたように、『ワイルドフェル・ホールの住人』はラドクリフ的ヒロイン像を踏襲しつつ、より一層強い自我を感じさせる。だが同時に、ヒロインが自我を抹殺される空間のリアリティも印象的である。結婚後の悲劇が中心となる点では、この作品は一七九八年のウルストンクラフトの『女性の虐待、あるいはマライア』（以下、『マライア』）に近いと考えられる。『マライア』は、一七九二年の『女性の権利の擁護』によって英語圏初のフェミニストとして有名なウルストンクラフトの最後の小説である。「世界は巨大な牢獄で、女たちは生まれながらの奴隷ではないのか？」（第一章）と訴えるヒロインのマライアは、夫の暴挙によって、まだ乳児の娘と引き離され、正気にもかかわらず精神病院に収容されている。モアズが「ゴシック文学の伝統に属し、その伝統から直接生まれた作品」（133）と紹介した『マライア』も、家父長制社会の無力な女性たちの悲惨な実態、結婚という牢獄に監禁される恐怖を描く〈女性のゴシック〉とも読める。ゴシック文学は理性で制御できない欲望を、無力な女性に対する男性の性的支配、監禁という形でしばしば表現する。〈女性のゴシック〉における女性の身体拘束の恐怖は、当時の家父長制度における妻の無力さと恐怖の投影と解釈でき、

『ワイルドフェル・ホールの住人』も、この系譜に位置付けられる。

ヘレンも、『マライア』のヒロインであるマライアも、恋愛関係を経て結婚したものの、結婚後に夫の本性を知ることになる。マライアの夫は、実は金目当てで、冷酷な性格を隠していた。「生えたばかりの羽を広げ、見知らぬ空に飛び立ったばかりに罠にかかり、一生、籠の鳥になってしまった」（第九章）というマライアの後悔は、アーサーと結婚したヘレンの心情と重なるに違いない。ヘレンは、結婚直後から自らの道徳的影響力を過信した過ちを思い知らされる。ヘレンが夫の精神性を高めようとしても無理だった点も、マライアと共通する。アーサーは、ヘレンが求める知的な楽しみや自然との共感、信仰の喜びとは無縁だった。彼女が「ペットよりも友でありたい」（第二三章）と対等のパートナーとしての絆を求めても、夫はあくまでも妻を性的対象と見なし、生まれた子供ばかりか神にすら嫉妬する。リスペクタブルな女性としてのヘレンのアイデンティティは、身体、特に欲望の抑制と深く関わり、夫による身体の支配によって、ヘレンが主体性のみならず道徳的アイデンティティも失う危機を迎えるという指摘があるように（Jay 51-53）、妻となったヘレンが直面するのは、夫の所有物となって自我の拠り所を失ってゆく現実である。「アーサーはいわゆる悪人ではなく、良い性質も多々もっているが、自己抑制や高邁な向上心に欠けている」（第二九章）という結婚初期の夫に対するヘレンの評価は、その後の夫の不倫関係や悪化の一途をたどるアルコール依存によって変化する。幼い息子に酒を強要し、母親の躾を否定して「子供の幸せを必死に願う母親の苦労を妨害し、幼い心に与える母親の感化を台無しにし、息子の愛そのものすら奪ってしまう」暴君と化すアーサーは、ヘレンの「この世の唯一の希望」である子供との関係を引き裂くことに「悪魔的な喜び」を感じる邪悪な存在となる（第三六章）。その上、アーサーの仲間の男性たちも、子供を「男にする」（第三九章）ために、飲酒や傍若無人な言動を教えこみ、ヘレンの家庭の空間を耐え難いものにするのである。

アンは、こうした悪しき男らしさに対する批判も行っており、過剰な飲酒や暴力に通じる「男らしさ」が、人格に悪影響を与えることを示している。息子が酒嫌いになるように育てたヘレンに対して、ギルバートの母、マーカム夫人が、親が誘惑を取り除いてしまうと息子を「女々しい男の子にしてしまう」（第三章）と非難するのに対して、ヘレンは反論する。男児だけが経験から学ぶべきで、女児は他人の経験から学ぶことも禁じるという教育に対する異議を唱えるのである。教育における男女の格差を指摘し、それを疑問視する点も、教育の男女平等を訴えたウルストンクラフトのフェミニズムの継承と考えられ、アンの進歩的ジェンダー観を表している。男女の教育格差に対するヘレンの批判的眼差しは、性差によって異なる人生の目的と価値観を強いる家父長制社会への批判に通じている。

ここで、当時の結婚に関する制度に目を向けると、イングランドには古くから妻の社会的存在を夫の保護下に置く法的概念（Coverture）があった。一六世紀以降、妻の自立的立場を否定する傾向が強まって、聖職者も妻の夫への服従を提唱し（Stone 136-38）、結婚によって男女がひとつに結ばれるという宗教的理想が妻の権利を奪ったという説もある（Doggett 83-87）。一八五七年の婚姻事件法によって、離婚の決定が教会ではなく、新たに設けられた離婚および婚姻事件裁判所に移された結果、離婚が飛躍的に増えたとはいえ、[6]それ以前の『マライア』や『ワイルドフェル・ホールの住人』の時代には、女性からの離婚の訴えは非常に困難な上、妻の全財産は夫の管理下に置かれ、法的には子供も夫に属する存在で、妻には養育権も財産権もなかった。妻は、衡平法の手続きによって財産所有ができたものの、この手続きは非常に高額で弁護士を必要としたため、一割程度の女性にしかできなかったと想定されている。（Doggett 38）妻が財産権を得るのは、女性史において画期的とされる一八七〇年の既婚女性財産法・一八八二年の同法改定成立以降だった。ジョアンヌ・ベイリーは、一八世紀においても家庭が夫婦双方にとって相補的空間だったと述べているが、夫婦の立場を「互いの善意に依存している不安定なもの」と表現しており、[7]「善意」が欠けていた場合の、法制度による女性の保護の欠如が想像できる。また、一七七〇年代までは私立の精神病院を管理する法律や規則がなかったため、健常者を無期限に収容することも可能だった。一七七四年の法令によって収容には医師の指示が必要となったものの、「明らかに、一八世紀には妻を精神病院に追いやることが流行していた」(Doggett 23)という記述は、『マライア』が特殊事例とは言い切れないことを示唆している。

『ワイルドフェル・ホールの住人』のヘレンの日記は一八二〇年代に遡る記述だが、この作品の執筆当時に議論の的となっていた結婚に関する法制度問題を反映している。既婚女性の財産権や子供の養育権を視点にした批評もあるように、(8) この作品では当時の結婚制度における女性の圧倒的弱者としての立場、特に子供の養育権の欠如が描かれている。この問題は、上流階級出身で著名な著述家でもあったキャロライン・ノートンが放蕩を極めた夫と離婚後に子供から引き離され、一八三九年の未成年者監護法の成立に尽力したことでも一層注目されていた。ヘレンの人物造形には彼女が投影されているとも考えられるが、『ワイルドフェル・ホールの住人』では、道徳的に不適格な父親のもたらす牢獄から子供を守るという母性が一層強調されている。

また、『マライア』で注目されるのが、女性同士の連帯である。精神病院の看守ジェマイマをはじめとする他の女性たちも男性から虐待された経験をもち、ジェマイマの思いやりや機転がマライアを救うだけでなく、マライアとの会話をとおして、ジェマイマ自身も「これまでほとんど感じたことのないような、尊敬する人物から評価されたいという願い」(第一章)を感じることになる。『ワイルドフェル・ホールの住人』でも、脱出できない家庭という牢獄の囚人同然となるのは、ヘレンばかりではない。放蕩の限りを尽くすアーサーの仲間、ハタズリーの暴力にひたすら耐え続ける妻のミリセントも同様である。ヘレンもミリセントも、財産権も養育権もないまま、圧倒的な弱者として結婚制度による牢獄に囚われている。ヘレンが妻のミリセントの苦しみを知らせることによってハタズリーが改心し、良き夫となる点には、ヘレンの勇気ある行動に基づいた女性の連帯が読み取れる。

また、ヒロインが夫以外の男性と恋に落ちるのも『マライア』と『ワイルドフェル・ホールの住人』の共通点である。マライアは、同じく健常者なのに精神病院に収容されているダンフォードと愛し合うようになる。しかし、ウルストンクラフトがメアリ・シェリーを出産した際の産褥熱で亡くなったため、『マライア』は未完となり、マライアとダンフォードの恋の結末は不明である。断片的な複数の構想案として、夫から姦通で訴えられての離婚、マライアの自殺、子供が発見されて生きる希望を見出すなどが残されているが、いずれにしても『マライア』は、『ワイルドフェル・ホールの住人』のような夫の死による解放、愛する男性との再婚という幸福な結末をもたないことは確かなようである。

それに対して、『マライア』と同じく結婚の牢獄を描きつつも、『ワイルドフェル・ホールの住人』はそこからの解放に光を当てている。ヘレンは、家庭という牢獄においても夫や仲間の男性たちの言いなりにはならない。夫の友人のハーグレイヴから言い寄られ、不倫関係の疑いをかけられた際にも、紳士としての名誉をかけて真実を話すようにハーグレイヴに迫り、自らの身を守っている。マライアと同じ籠の鳥であっても、ヘレンは自力で籠を脱出することに成功する。家を出たヘレンが乗合馬車に乗った場面は、改めてこの作品にこめられた解放と自立の価値を感じさせる。

ああ、なんという喜びだっただろう、高い位置の座席に座り、朝のさわやかな風を顔に受けて太陽に照らされた広い道をゴトゴトと走ってゆくことは。見知らぬ土地があたりで一斉にほほえみかけ、早朝の黄色い光に輝いて楽しげに、美しくほほえんでいて、私に劣らず幸せそうな、愛する息子が腕の中にいて、忠実な友［召使のレイチェル］が隣にいる。馬の蹄がカツカツと音を立てるごとに、牢獄も絶望もどんどんはるか後ろに遠のいてゆく。そして、前には自由と希望があるのだ！　私を解放してくださったことに、大声で神様に感謝したくなって、驚くほどの歓喜の爆発で同乗者たちを仰天させないように、必死でこらえるほどだった。（第四四章）

女性の自立を求めつつも、『マライア』があくまでも家父長制下における女性の惨状の表現と社会批判を中心とするのに対して、アンは自らの選択によって現実を打開するヒロインを描いている。〈女性のゴシック〉のヒロインが、単なる家父長制の犠牲者に留まらず、感受性の鍛錬と制御を行いつつ未来を切り開く力をもっているとすれば、ヘレンは自らの強さによってさらに主体の回復を成し遂げるヒロインだと言えるだろう。息子を守る母性が強調されつつも、そこには母親自身の欲望と主義主張が投影されており、さらに新たな恋愛を成就させるヘレンは、自己犠牲的な〈家庭の天使〉に留まらない新たな女性像を提示するのである。

4　ヒロインの経済的自立

〈女性のゴシック〉の舞台となる古い城や館は、女性を囚われの身とする空間である一方、最終的には女性の経済面における主体の回復の象徴として機能することもある。『ユドルフォ城の謎』でも、結末でエミリがユドルフォ城をはじめとする複数の城館の所有者となって、結婚相手より経済的優位に立つ。エミリの叔母が命を落とすのも、再婚相手の夫に財産を渡すことを拒絶し続け、エミリに遺贈する決意を変えなかったためだったことを思うと、超常現象に満ちているゴシック物語のプロット展開で重要な鍵となるのが、不動産所有という物質的、現実的要素であることがわかる。ゴシック小説の悪役が、しばしばヒロインの不動産を奪い、経済的自立を脅かす存在であることは、『嵐が丘』におけるヒースクリフの財産獲得を思い起こさせる。『ジェイン・エア』でも『ワイルドフェル・ホールの住人』でも、ヒロインの最大のエンパワメントとなるのは遺産相続であり、ヘレンは夫の死後、息子が未成年の間、夫の不動産を管理するだけでなく、伯父の死によってスタニングリーの広大な地所と館も相続する裕福な貴婦人となり、一度はギルバートがヘレンとの結婚を身分違いだと諦めるほどだった。

さらに『ワイルドフェル・ホールの住人』は、〈女性のゴシック〉にしばしば見られる女性の経済的優位性を最後に描きつつも、職業による経済的自立を描いた点で注目に値する。夫のもとから脱出したヘレンは、兄の援助によって、生まれ育ったワイルドフェル・ホールに避難し、画家として生計を立てる。結局は、ヴィクトリア朝小説の典型となる遺産相続による幸福な結末が踏襲されるにしろ、当時の道徳規範から逸脱する、家出というヘレンの選択は、画家としての能力があってこそ可能だった。『ユドルフォ城の謎』のエミリは、トスカーナのコテッジに幽閉された際に絵を描くことに慰めを見出し、「一瞬、自分自身の現実の苦しみを忘れることができた」（三巻第七章）が、当然ながら、中世の貴族のヒロインには画家としての経済的自立は不可能だった。

ヘレンの絵画創作は、慰安ではなく、個人的娯楽から経済的独立の手段へと変化し、ヒロインのエンパワメントの軌跡を示している。アーサーと知り合った頃のヘレンは、「絵を描くことが一番の慰め」（第一六章）であり、絵を披露するように求められていることからも、かなりの腕前だったことが想像できる。アーサーは、彼女が絵の裏に彼の顔をスケッチして消し忘れていたのを目ざとく見つけ、その絵を取り上げてしまう。彼にとっては、ヘレンの恋心の証拠となる戦利品だが、彼女にとっては、秘めた思いを悟られてしまう恥辱となる。こうした絵の裏面を彼女の秘かな欲望の表現と解釈するサンドラ・M・ギルバートとスーザン・グーバーは、職業画家となってもヘレンが夫に居場所を悟られないように、風景画に偽名のイニシャルを使うことにも注目し、絵画における自己表現と隠蔽の共存を指摘し、女性芸術家が抱かざるをえなかった不安感に敷衍している（81）。日記同様の自己表現でもあったヘレンの絵画は、結婚生活の悲惨さが増してからは異質のものとなる。

絵画を自分と息子を救う生活手段とするヘレンの決意からは、再び彼女の強さが窺える。

しかし、こんなことが続いてはならない、私の子供がこのような堕落にさらされてはならないのだ。あんな父親と贅沢と豊かさの中で暮らすより、家を出る母親と貧しく、人知れず暮らす方がずっといい。【中略】かつては私の遊び相手だったパレットやイーゼルは、これからは真面目な仕事仲間にならなければならない。でも、友も引き立ててくれる人もない異郷で、生計を立てるのに十分な絵描きとしての技術が私にあるだろうか？　いや、もう少し待たねばならない。実際に画家になるにしろ絵の師匠になるにしろ、才能を磨き、私の能力の証となる価値あるもの、私の良さを表現する作品を生み出すために、懸命に努力しなければならない。（第三九章）

家出の決意を固めたヘレンは、終日、読書室でキャンバスに向かって絵の腕を磨こうとする。ヘレンが目指したのは売値のつく絵が描ける職業画家であり、後に彼女が描く風景画は需要のあるジャンルだった。前節で述べたハーグレイヴからの告白もヘレンがキャンバスに向かっている最中になされたが、彼女はパレット・ナイフを突きつけて拒絶する。絵の道具による自己防衛は意味深く、絵画の創作と、彼女の精神的・身体的自立、セクシュアリティとの深い関りを示唆する。その後、彼女の日記を読んで家出の計画を知ったアーサーが、絵の道具をすべて焼き払ってしまうことの残酷さも際立つが、そうした蛮行が彼女の家出を防ぐことにはならないのも印象的である。

タイトルの『ワイルドフェル・ホールの住人』は、こうしたヘレンの強さを示すものに思える。夫に苦しめられるグラスデイルではなく、夫が不在で、自立した職業人としてヘレンが生活するワイルドフェルが題名となっていることは、アンの先進的なジェンダー観の表れと解釈できる。エイミー・J・ロビンソンは、「ワイルドフェル・ホールの借家人」という題名が、夫のグラスデイル屋敷の女主人から借家人への降格と既婚女性の財産権の欠如を示し、結婚生活の苦難とそれを乗り越える決意の比喩だと解釈して、ゴシック的特色を強調したワイルドフェル・ホールの荒廃した外観に、結婚生活に疲れ果てたヘレンを重ね合わせている。しかし『ワイルドフェル・ホールの住人』という題名は、むしろ夫の家の束縛から自由になって画家として主体的に生き、新たな恋愛をするヘレンの姿を感じさせる。ワイルドフェル・ホールに引っ越してきた謎めいた女性の正体が明かされてゆくミステリー的要素の点でもこの作品はゴシック小説的だが、ヘレンは冒頭から職業画家として登場する。ギルバートたちが初めてワイルドフェル・ホールを訪ねた際も、ヘレンは制作の最中であり、絵に筆を加えながら「自分の楽しみのために描く余裕などない」と語り、息子も「ママが絵を全部ロンドンに送ると、誰かが売ってくれてお金を僕たちに送ってくれるんだ」と説明する（第五章）。ヘレンが自身のアトリエと呼べる空間をもっていたことは、当時の女性画家としては珍しく、画家の家系に生まれたり、大成功を収めたりしていない限りは難しかったという（Losano, *Woman* 78-79）。ワイルドフェル・ホールはゴシック的な幽閉や謎めいた不吉な空間とは程遠い、ヒロインの自立の糧となる絵画制作の空間なのである。

「ワイルドフェル・ホールの住人」であるヒロインは、ギルバートの語りにおいて謎めいた女性として客体化されながらも、絵筆によって自立を勝ち取った、主体的に生きる母親としての存在感をもつ。また絵画には、ヘレンとギルバートの関係を深める機能もある。ギルバートが訪問する度に、遠足の際のスケッチをもとにした風景画について質問すると、ヘレンはその出来栄えに対して彼の意見を求めるようになり、彼の賞賛に満足する。ギルバートがヘレンの息子との絆を深めることも、夫のアーサーとの違いを強調するが、画家としてのヘレンに対するギルバートの敬意も、夫との関係とは異なる新しい男女の結びつきを示すだろう。とはいえ、アンはヘレン同様にギルバートに関しても、複雑な人物描写を行っている。誤解に基づくとはいえ、ヘレンの兄に対する彼の暴力は、子供に優しく慈愛に満ちた芸術の理解者としてのギルバート像に疑問符を与えずにはおかない。

また、ヴィクトリア朝において、画家という職業がフェミニズムと深く関わっていた点も見逃せない。一八六〇年代までには新しい女性像に関する議論が盛んになり、フェミニズム運動と女性画家の活躍の相関関係があったという指摘を見ると、[9] ヘレンのヒロイン像には一層、時代を先取りした新しさが見出せるだろう。当時の画家は、ガヴァネスや教師と並んで中産階級の女性が生計を立てられる数少ない職業で、その数はヴィクトリア朝後期に近づくにつれて増加した。[10] 一九世紀前半に絵の商業化が進むにつれ、展覧会で作品が飾られる芸術家的な画家と、家庭に飾る絵を描く画家とが分化し、前者は天才的男性画家、後者は個性も天才ももたないとされた女性画家の領域になったという。[11] 女性の職業画家の活躍が目立つのは一八五〇年代以降とされるため、一八四八年に出版されたこの作品のヒロイン像はかなり革新的だったと想像できる。

おわりに

『ワイルドフェル・ホールの住人』については、従来、語りの構造に関する批評が多くなされてきた。特にジェンダーの視点からは、ヘレンの日記がギルバートの手紙に挟まれる三部構造によって、女性の語りが最終的には男性の語りに吸収されてしまうという議論もある。(12) ヘレンの日記は物語の大半を占めているが、ヘレンのギルバートへの思いを書いたはずの部分は彼女によって削除されており、最後のヘレンとギルバートとの関係は、ギルバートの語りによってのみ表現されるからである。

しかし、〈女性のゴシック〉の系譜に置くことで、改めてアンの文学の先進性と、女性のエンパワメントへの志向を明確にできるだろう。この作品は、結婚生活という牢獄に囚われた女性の自伝というウルストンクラフト的な物語を踏襲しつつ、ヒロインが犠牲者でありつつも逆境を克服して成長し、愛する人と経済的優位に立つ結婚をするというラドクリフ的プロットを継承している。その上でアンは、ウルストンクラフトの『マライア』には見られなかった解放の喜びを描き、ラドクリフのヒロインの乙女たちとは異なる、成熟した女性のセクシュアリティを結婚後の新たな恋愛という形で表現した。母性愛と異性愛を併せもち、画家という職業による自活能力を備えた点でも、一八世紀の〈女性のゴシック〉を超えたヒロインの強さと、現実社会で生き抜こうとする女性の主体性が感じられる。最終章でも、恋愛の成就を主導するのはヘレンであり、彼女との身分違いに臆するギルバートに、ヘレンはクリスマスローズの花を渡して愛を告白するのである。

また、姉たちの作品と異なるアンの文学的特色は、ラドクリフの文学で重要な、過剰な感受性の抑制というテーマの継承にある。その点で、過剰な感受性を否定せずに情緒的耽溺と社会性・道徳性との葛藤を表現したシャーロット、情緒的耽溺と欲望の極限を昇華して独自の形而上的次元に高めたエミリの文学とは大きく異なるだろう。アンにとっては、感受性はあくまでも抑制されてこそ価値があり、過剰な感受性から生まれる自己中心的な悪を避けるために、ヒロインは経験から学び、思いやりを実践的行為としなければならない。そこでは常に他者の存在が意味をもつからこそ、姉たちの作品では描かれない、周囲の他者との調和ある関係も表現されている。ギルバートはヘレンの伯母との同居を快諾し、ギルバートの家族たちもヘレンに対する誤解を解消して結婚生活が始まる。結末では夫婦が愛し合い、子孫たちの成長を楽しみにしているだけでなく、この物語全体が手紙として義弟に宛てられる、他者に開かれた物語となっていることが印象づけられる。『ワイルドフェル・ホールの住人』は、主体的な自我と他者との関係性を模索したアンならではのフェミニズムの傑作と言えるだろう。

注

（1）例えば、ゴシック文学全般に関する評論では、Peter K. Garrett. *Gothic Reflections: Narrative Force in Nineteenth-Century Fiction*、Nick Groom. *The Gothic: A Very Short Introduction*、Jerrold E. Hogle 編 *The Cambridge Companion to Gothic Fiction*、David Punter. *The Literature of Terror: A History of Gothic Fictions from 1765 to the Present Day* がシャーロットとエミリに短く言及しており、Markman Ellis. *The History of Gothic Fiction* には『ジェイン・エア』に関する記述がある。Matthew C. Brennan. *The Gothic Psyche: Disintegration and Growth in Nineteenth-Century English Literature*、David Punter. *Gothic Pathologies: The Text, The Body and The Law* は『嵐が丘』に一章を割いている。

（2）女性作家のゴシック文学に関する評論としては、Diane Long Hoeveler が *Gothic Feminism: The Professionalization of Gender from Charlotte Smith to the Brontës* で『嵐が丘』、『ジェイン・エア』、『ヴィレット』の三作品に、Donna Heiland が *Gothic and Gender: An Introduction* で『嵐が丘』と『ジェイン・エア』の二作品に、各一章を割いて論じている。また Susanne Becker の *Gothic Forms of Feminine Fictions*、Donna Heiland の *Gothic and Gender: An Introduction*、Maria Purves の *Women and Gothic*、Diane Wallace の *Female Gothic Histories: Gender, History and the Gothic*、Diana Wallace・Andrew Smith 編 *The Female Gothic: New Directions*、Avil Horner・Sue Zlosnik 編 *Women and the*

Gothic: An Edinburgh Companion にも、シャーロットとエミリの作品についての言及があり、Helen Meyers は *Femicidal Fears: Narratives of the Female Gothic Experience* で『ジェイン・エア』について述べている。

（3）Jan B. Gordon, “Gossip, Diary, Letter, Text: Anne Brontë’s Narrative Tenant and the Problematic of the Gothic Sequel.”

（4）一八五〇年九月五日付けのW・S・ウィリアムズへの手紙や、一八五〇年版の『嵐が丘』と『アグネス・グレイ』に付された姉妹の “Biographical Notice” で、シャーロットはこの作品をアンにふさわしくない主題を扱った、出版に値しないものと述べている。アンを擁護する意図とはいえ、この作品が再版されなくなり、アンの文学的評価が損なわれた大きな原因となった。

（5）さらに、ラドクリフは、自らが目指す恐怖をテラー（Terror）として、男性的ゴシックの代表とされるマシュー・グレゴリー・ルイスの描くホラー（Horror）と区別した。精神を委縮させるホラーとは逆に、テラーは曖昧な恐怖によって非日常的情緒を喚起することで、むしろ精神を拡張させ、高度な次元に引き上げるとした。ラドクリフのエッセイ “On the Supernatural in Poetry” p.150 参照。

（6）この法律によって男女が平等に離婚を申し立てる権利を得たわけではないが、一八〇一〜

一八五七年には一九〇件しか認められなかった離婚が、法律制定以降の一八五八～六八年の間には二二七九件が認められるほど増加したという（Marcus 207）。

（7）Joanne Bailey. *Unquiet Lives: Marriage and Marriage Breakdown in England, 1660-1800*. p.84 参照。Bailey は多くの実例に基づく資料を用いて、結婚制度と性の二重規範が女性を完全に弱者としたという歴史観に疑問を呈しており、結婚制度が夫婦相互に現実的利益をもたらすもので、夫妻共に「不正な性規範に操られていたわけではなく」（204）、自らの選択による家庭生活を送ったと結論付けている。

（8）例えば、Laura C. Berry の *The Child, the State, and the Victorian Novel* (pp.93-126) や Ian Ward の *Law and the Brontës* (pp.25-47) は、当時の養育権の問題を論じている。Berry はさらにヘレンの養育の抑圧性、母性の否定的側面に注目して、継父としてのギルバートの役割の重要性を指摘している。

（9）Deborah Cherry は *Beyond the Frame* において一八五〇年代以降の女性画家の活躍とフェミニズム運動の深い関連について論じている。例えば著名なフェミニストの Barbara Bodichon は、当時は画家として有名で、彼女の結婚証書の職業欄にも画家と記載されている（Losano, *Woman* 40）。

（10）国勢調査による女性の職業画家の人数は、一八五一年に五四八人、一八六一年に八五三人、一八七一年に一〇六九人である（Losano, "Professionalization" 10-11)。

（11） Ann Bermingham. *Learning to Draw*. p.128を参照。とはいえ、後者に属する男性画家も多かったが、女性画家は男性画家より低い値でしか絵を売れず、めったに有名になれなかったという(Losano, *Woman* 33)。

（12） 例えば、Rachel Carnell. "Feminism and the Public Sphere in Anne Brontë's *The Tenant of Wildfell Hall*"は、この語りについて、女性が公的領域には間接的にしか関与できなかった困難さの表れを論じている。

引用文献

Bailey, Joanne. *Unquiet Lives: Marriage and Marriage Breakdown in England, 1660-1800*. Cambridge UP, 2003.

Becker, Susanne. *Gothic Forms of Feminine Fictions*. Manchester UP, 1999.

Bermingham, Ann. *Learning to Draw*. Yale UP, 2000.

Berry, Laura C. *The Child, the State, and the Victorian Novel*. UP of Virginia, 1999.

Brennan, Matthew C. *The Gothic Psyche: Disintegration and Growth in Nineteenth-Century English Literature.* Camden House, 1997.

Brontë, Anne. *The Tenant of Wildfell Hall.* Edited by Herbert Rosengarten, Oxford UP, 1998.

______. Preface. *The Tenant of Wildfell Hall.* Edited by Herbert Rosengarten, Oxford UP, 1998, pp.3-5.

Carnell, Rachel. "Feminism and the Public Sphere in Anne Brontë's *The Tenant of Wildfell Hall.*" *Nineteenth-Century Literature*, vol. 53, no.1, June 1998, pp.1-24.

Cherry, Deborah. *Beyond the Frame: Feminism and Visual Culture, Britain 1850-1900.* Routledge, 2000.

Chitham, Edward. *A Life of Anne Brontë.* Blackwell Publishers, 1992.

Doggett, Meave E. *Marriage, Wife-beating, and the Law in Victorian England.* U of South Carolina P, 1993.

Ellis Markman. *The History of Gothic Fiction.* Edinburgh UP, 2000.

Garrett, Peter K. *Gothic Reflections: Narrative Force in Nineteenth-Century Fiction.* Cornell UP, 2003.

Gilbert, Sandra M., and Susan Gubar. *The Madwoman in the Attic: The Woman Writer and the Nineteenth-Century Literary Imagination.* Yale UP, 1979.

Gordon, Jan B. "Gossip, Diary, Letter, Text: Anne Brontë's Narrative Tenant and the Problematic of the Gothic Sequel." *ELH*, vol. 51, no.4, Winter 1984, pp.719-45.

Groom, Nick. *The Gothic: A Very Short Introduction*. Oxford UP, 2012.

Heiland, Donna. *Gothic and Gender: An Introduction*. Blackwell Publishers, 2004.

Hoeveler, Diane Long. *Gothic Feminism: The Professionalization of Gender from Charlotte Smith to the Brontës*. The Pennsylvania State UP, 1998.

Hogle, Jerrold E., editor. *The Cambridge Companion to Gothic Fiction*. Cambridge UP, 2002.

Horner, Avril, and Sue Zlosnik, editors. *Women and the Gothic: An Edinburgh Companion*. Edinburgh UP, 2016.

Jansson, Siv. "*The Tenant of Wildfell Hall*; Rejecting the Angel's Influence." *Women of Faith in Victorian Culture: Reassessing the 'Angel in the House,'* edited by Anne Hogan and Andrew Bradstock, Macmillan Press, 1998. pp.31-47.

Jay, Betty. *Anne Brontë*. Northcote House Publishers, 2000.

Langland, Elizabeth. *Anne Brontë: The Other One*. Macmillan Press, 1989.

Losano, Antonia. "The Professionalization of the Woman Artist in Anne Brontë's *The Tenant of Wildfell Hall*." *Nineteenth-Century Literature*, vol.58, no.1, June 2003, pp.1-41.

______. *The Woman Painter in Victorian Literature*. Ohio State UP, 2008.

Marcus, Sharon. *Between Women: Friendship, Desire, and Marriage in Victorian England*. Princeton UP, 2007.

Meyers, Helen. *Femicidal Fears: Narratives of the Female Gothic Experience*. State U of New York P, 2001.

Moers, Ellen. *Literary Women*. Doubleday, 1976.

Punter, David. *The Literature of Terror: A History of Gothic Fictions from 1765 to the Present Day*. Longman, 1996.

______. *Gothic Pathologies: The Text, The Body and The Law*. Macmillan Press, 1998.

Purves, Maria. *Women and Gothic*. Cambridge Scholars Publishing, 2014.

Radcliffe, Ann. *The Mysteries of Udolpho*. 1794. Oxford UP, 2008.

______. "On the Supernatural in Poetry." *The New Monthly Magazine*, vol.16, no.1, 1826, pp.145-52.

Robinson, Amy J. "Matrimony, Property, and the 'Woman Question' in Anne Brontë and Mary Elizabeth Braddon." *Twenty-first Century Perspectives on Victorian Literature*, edited by Laurence W. Mazzeno. Rowman and Littlefield, 2014. ProQuest Ebook Central.

Stone, Lawrence. *The Family, Sex and Marriage in England 1500-1800*. Penguin Books, 1990.

Wallace, Diana. *Female Gothic Histories: Gender, History and the Gothic*. U of Wales P, 2013.

Wallace, Diana, and Andrew Smith, editors. *The Female Gothic: New Directions*. Palgrave Macmillan Press, 2009.

Ward, Ian. *Law and the Brontës*. Palgrave Macmillan Press, 2012.

Wollstonecraft, Mary. *The Wrongs of Woman: or, Maria. The Works of Mary Wollstonecraft*. Vol.1. Edited by Janet Todd and Marilyn Butler, William Pickering, 1989, pp.75-184.

大田美和『アン・ブロンテ――二十一世紀の再評価』中央大学出版部 二〇〇七年。

ギルバートの人物像を探る――結婚の先に見る性の多様性

渡　千鶴子

1　ギルバート・マーカムについて

『ワイルドフェル・ホールの住人』（一八四八年）に付記された第二版の序文（5）から、アン・ブロンテは男女対等のスタンスを取る作家であることは容易に推察できる。メリン・ウィリアムズが、「アン・ブロンテは推測されている以上に、戦闘的であった」（102）と言うのと同様に、主人公ヘレン・グレアムの歩んだ道も「戦闘的であった」ことは言わずもがなである。

では、ヘレンの第二の夫であるギルバート・マーカムはどのようなタイプの男性なのだろうか。テリー・イーグルトンは、「ギルバートはばかげたくらいにセンチメンタルだ。【中略】彼は短気で、威張っており、【中略】事実彼は感情的にはこどもじみており、【中略】ロレンスに不可解な暴力をいきなり振るう」（130）と批判的である。テス・オトゥールは、「ギルバートはヘレンのパートナーとしてはどう見ても不釣り合いだ。【中略】アーサー同様、ギルバートは母親に甘やかされた、慢心のエゴを持つ人物で、女性性やその価値に関しては　ヴィクトリア朝のすべての基準となるステレオタイプに当てはまる」（235）と批評する。パトリシア・インガムは、「イノセントな読者には、二人の男性は対象的に見えるが、実はその反対で、ギルバートはハンティンドンの男性的な特徴の多く、つまり虚栄心が強く、横柄で、激しやすく、いばり散らすという性質を共有しているので、驚くほど似ているのである」（153）と、アーサー・ハンティンドンとの重なりを指摘する。タラ・マクドナルドは、「ヘレンにとって、ギルバートは第一の夫より適切な夫であっても、欠点のある男性として描かれている」（58）、そして「プロポーズをするときに、ギルバートが 'My darling angel—*my own* Helen' と言うこの言葉は、ハンティンドンやハーグレイブがヘレンのことを 'my own Helen' や 'my angel' と言うのと不気味にエコーする」（69）と穏やかではない。マリアン・トールマレンは、「ギルバートはいつも問題の多い主人公だ」（14）として多くの先行研究を引用している。(1)

一方、どちらかというとギルバートに好意的な評価としては、ジュリエット・マックマスターの「ヘレンの日記は、反対側にいる者たち［ハンティンドンや彼の仲間たち］の破滅の記録なので、相互に好意を持ち、うまく改善していこうとする平等意識のある男性と女性を描いたギルバートの物語は、私たちの信頼を回復するのに役立つ」（363）とする。ウィリアムズは、「ギルバートは『彼［アーサー］はぼくの愛するヘレンの息子だ。それゆえぼくの息子だ』（第五三章）と言って、彼女のこどもを受け入れている。このことは、一九世紀の小説では例外的である」（105）と主張する。ローラ・

C・ベリーは、「この結婚はヘレンの夫としてより、アーサーの継父を立証することに極めて関心がある」(45)として、ギルバートに光を当てている。ジュディス・E・パイクも、「アンはギルバートの父親らしい関心や思いやりで小説を始め、そして閉じる」(121)と、ギルバートの父性に着目している。

以上のように、ギルバートに関する主な見解を順次挙げたが、本稿では、ギルバートを当時の男性としてはまれに見る男女平等意識に目覚めた男性であると考えることから始める。[2]

彼が平等意識を持っていると考えられる個所は第六章である。ギルバートの母が、まず家事をうまくこなして、男性にとって最も居心地の良いことは何かを考えることが家庭の美徳ですと、ギルバートに話して聞かせる。すると彼は母に、「おかあさん自身の居心地の良さや都合を、もう少し考えてください」と抗議して、「ぼくは、他人の能力や思いやりを使うためではなくて、ぼく自身がその人のためにそれらを用いる目的で、この世に送られてきたのです。ぼくは結婚したら、妻にしてもらうよりむしろ妻を幸せにして、妻を居心地良くすることに喜びを見出すでしょう。与えられるより与えたいのです。【中略】ぼくたちはお互いの責任をお互いに担わなければならないのです」と言う。彼は、女性が母の立場であれ、妻の立場であれ、息子や夫に有利になっている社会や論理に対して、女性は大いに異議を唱えなければならないと提唱している。この章の最後で、ジャック・ハルフォードに対して、「ハルフォード、そう思いますか?　これは《きみの》家での家庭の美徳の範疇に入るのですか。きみの幸せな妻はこれ以上のことを要求したりしませんか？」と問いかける。ギルバートは、ハルフォードの妻が母の説く家庭の美徳以上のことを要求すると、内心思っている。彼は、母が説明する家庭の美徳に関して疑問を呈しているのである。きみの妻は、男女平等意識を求めるでしょうし、ぼくの母の説く家庭の美徳に反対でしょう。きみもその意識を持っているでしょうと、この問いかけは読めるのである。

しかし、このように男女平等意識を持ち妻の立場を重視しているギルバートが、ヘレンから、「読んだら返してね。誰にも言わないで。あなたを信じていますから」（第一五章）と告げられて、ヘレンの日記を預かる。その彼が、ヘレンの日記をハルフォードに見せる行為を、どのように考えるといいのだろうか。プリティ・ジョウシは「ヘレンの日記を自分の手紙に入れ込む。この行為は紛れもない暴力だ」（914）と言う強い見解を示している。ジル・L・メイタスが、「数年後、ギルバートはヘレンの同意を得ていたのかもしれないという想像を、私たちはできるかもしれない」（"Strong family" 104）と言うのは、百歩譲った意見であろう。

ハンティンドンが、ヘレンの日記を奪い取って読む行為（第四〇章）は許せないが、信頼されて渡された日記を、第三者にすべて公開するのは論外である。そもそも日記は自分一人のものであり秘匿のものであるという観点からすると、ヘレンがギルバートに渡したことに罪があるのだろうか。そんなはずはないだろう。なぜならヘレンは、ギルバートが彼女を誤解しているうえに、フレデリック・ロレンスに負傷を負わせた事実を知り、思いあまってギルバートに大切な日記を手渡したのだ。その彼女の心理を彼は十分理解できているはずである。それにもかかわらず、ギルバートがハルフォードに見せた理由は、二〇年近くの結婚生活のなかで、夫婦に問題が生じており、ギルバートのヘレンに対する愛情が希薄になっており、夫婦仲は良いとは言えないからかもしれない。もしそうなら、ヘレンの日記をギルバートに見せても何ら良心の呵責を感じないかもしれない。この点に関しては本稿の5節で明らかにしたい。

ともあれ、ヘレンの言葉を裏切ってまで、ハルフォードに妻の日記を内枠にした長い手紙を書き記したのは事実である。実のところ、ギルバートにはその必要性があったのだ。その必要性を具体的に検証して、その意味を問うことによって、ギルバートの意外な一面を垣間見ることが本稿の目的である。

2 オープニング・セクション[3]の意味

まず、この小説の第一章のまえに置かれているオープニング・セクションであるギルバートがハルフォードに宛てた手紙から検討しよう。

一九九八年のクラレンドン版の注記（xxvii）には、一八五四年のパーラー・ライブラリー版や、その後の多くの英国版には、ハルフォードへのギルバートの手紙の最初の四頁が削除されているとある。[4] あるべき個所が脱落していては読み方に大きな影響を及ぼし、評価も大きく変わってくることは必至である。なぜ欠落していたのだろうか。G・D・ハーグリーヴズは、些細なことかもしれないが、オープニング・セクションが小説の構造に肝要なのは当然である。それゆえ、オープニング・セクションが脱落しているのは、テクストの構造上かなりの欠陥となる。伝統的なヴィクトリア朝小説の三巻本[5]は、一般の出版社にとって高価過ぎたので、パーラー・ライブラリー版で、一巻本の例外的に安価な版を打ち出して、広く可能な市場を確保したのだ。おそらく低廉な価格のために、オープニング・セクションは削除されたと考えられる（"Incomplete Texts" 113）とまとめている。またハーグリーヴズは、三巻本のニュービー版を照合して、オープニング・セクションにとどまらず、小説の広範囲に及ぶテクスト上の省略部分を報告している。この報告は、単語のみならずほぼ章全体に及ぶ遺漏もカバーしている（"Further Omissions" 115）。

しかし、ハーグリーヴズは、ヘレンを裏切ってまで、ギルバートがハルフォードに手紙を出した理由や経緯に触れていない。それゆえこのオープニング・セクションの意味を探ることに意義が見出せる。たとえ『ワイルドフェル・ホールの住人』の物語全体からすれば、ほんの一部に過ぎない手紙であっても、アンが物語の開始まえに数頁に過ぎない手紙を据えたのはなぜなのかを炙り出してみたい。六段落からなる手紙をすべて引用するには長すぎるので、必要な段落だけを適宜引用する。(以下の傍点は筆者による)

ハルフォード殿(TO J. HALFORD, ESQ.)

親愛なるハルフォードへ(Dear Halford)

このまえ会ったとき、ぼくたちが知り合うまえの、きみの若いころの一番の出来事のなかでも、特別に興味深い話(a very particular and interesting account)をぼくにしてくれた。そのとき、きみはお返し(return)に、ぼくからも信頼の証しともいえる打明け話(confidence)をするように言った。そのとき話をする気分ではなかったので、ぼくは話せる話なんて何もないと口実をつけて断った。【中略】そしたらきみは顔を曇らせてしまい、それは会っているあいだずっと続いた。【中略】それ以来、きみからの手紙には、ある種の勿体をつけているような、憂鬱そうな堅苦しさや、よそよそしさが目立つようになった。(第一段落)

ねえ(old boy)、恥ずかしくないのかい? その歳で。ぼくたちは長いあいだお互いに心の底から(intimately)分かり合えてきたし、ぼくは、ずっと遠慮なんかしないで信頼してつき合ってきたじゃないか（I have already given you so many proofs of frankness and confidence）。きみがひどく鬱陶しく接しても、黙りを決め込んでも、ぼくは怒ったりしていないよ。でもたぶんこうなんだ。本来きみは話好きではない。それが、あの忘れがたいときに、とてつもないことをしてしまい、比類なく親しい信頼関係（an unparalleled proof of friendly confidence）を築いてしまったと思ったのだ。【中略】だからその並外れた好意に対して、ほんのわずかなお返し（return）でも良いから、何のためらいもなく、きみの話のあとにぼくの話が続いたら良いのにと思ったのだ。（第二段落）

ぼくの気難しい年来の友（my crusty old friend）に、こんなふうに手紙を認めて、ぼくの人生の最も重要な出来事と関係する確かな情況を、大雑把に、否、素描ではなくて、すべて忠実に、きみに話そうと思う（I am about to give him a sketch—no not a sketch,—a full and faithful account of certain circumstances connected with the most important event of my life）。（第四段落）

第四段落で「大雑把に、否、素描ではなくて、すべて忠実に、きみに話そう」（give him a sketch—no not a sketch,—a full and faithful account）と書いている。ヘレンの日記のなかには、ミリセントがヘレンに宛てた手紙（第二五章）が挿入されており、ギルバートの手紙のなかには、ヘレンがロレンスに宛てた手紙（第四七章、第四八章、第四九章）もある。しかもギルバートはロレンスから手渡してもらったヘレンからの手紙を熟読したあと、重要な個所を自分の日記に記入している（第四九章）。ハルフォードは、ヘレンの手紙だけでなく、ミリセントの手紙も読むことになる。ヘレンは自ら自分の日記をギルバートに手渡しているので、彼女は承知のうえでのことだ。しかし、ミリセントは自分が差し出した相手ではない第三者に、自分の手紙を読まれてしまっていることになる。知らないあいだにプライバシーが侵害されている。とは言え、ギルバートに、他人のプライバシーを侵すという感覚はなかったのだろう。(6) 彼は、他人の日記や手紙を託せる価値ある人物であるとハルフォードのことを思っていただけなのだ。

ハルフォードは、これらの人物たちの手紙とヘレンの日記を、ギルバートの手紙を介して読む。ハルフォードの直接的な反応はほぼ描写されない構造になっているが、ハルフォードがギルバートから長い手紙をもらうことになった理由は、オープニング・セクションに記載されている。

第一段落に入るまえに、「ハルフォード殿へ」（TO J. HALFORD, ESQ.）と記述がある。改まった敬称を用いて、大変丁寧である。この手紙を書いたとき、ハルフォードは、ギルバートの妹の夫であるから、ギルバートの義弟に当たる。義弟に“ESQ”を用いて敬意を称している。手紙の名宛なので言うほどのことではないかもしれない。しかし、手紙の本文に入る直前には、「親愛なるハルフォード」(Dear Halford) と、一般的な書き方で始めている。この相違に注視したい。第一章から第五三章までの物語と、六段落からなる手紙のあいだに、アンは違いを持たせて、『ワイルドフェル・ホールの住人』を執筆したのではないだろうか。アンは、「ハルフォード殿」で始めた物語としての『ワイルドフェル・ホールの住人』のなかに、「親愛なるハルフォード」で始まる手紙をはめ込む手法、いわゆる入れ子構造(7)の枠組みを意図したのだ。オープニング・セクションには、ギルバートの本意を示しながら、第一章からの物語には、ギルバートの本心を隠しつつ見せるアンビギュアスな手法をあえて採用したのだ。

まず、ギルバートの本意、すなわちハルフォードへのセンシティブな気持ちが漂っていることを提示してみよう。

第一段落で、ハルフォードは、青春時代の特別に興味深い話(account)をギルバートに語る。そのお返し(return)を、ギルバートはすぐさましなければならなかった。それにもかかわらずしなかったことが原因で、ハルフォードは、不機嫌になり深く傷つき、それ以来ハルフォードの手紙には、不自然なよそよそしさが感じられるようになった。使われる単語に注目しよう。"account"には「計算書」の意味もあり、"return"には「報酬」の意味もある。"account"は第四段落で"return"は第二段落でもう一回ずつ使用される。金銭にまつわる語が、このように使用されているのはなぜだろうか。たまたま使った単語に、金銭に関する意味があるだけかもしれない。分かりやすい比喩だからかもしれない。ギルバートの真意に焦点を合わせると、今から語る話は金銭同様大切であり、その話を語る相手［ハルフォード］は、ギルバートにとってかけがえのない存在であることを、告げているのだと見て取ることができる。

第一章の最後の段落にも金銭に関する単語がある。

これはぼくの借金［借りている話］（debt）の最初の一回分です。もしこのコイン（coin）が気に入れば、そう言ってください。【中略】もし財布に扱いにくい重いコイン（pieces）を入れるより、きみが債権者のままの方がいいのなら、そう言ってください。その場合はきみの悪趣味に免じて、喜んでぼくのところに宝物（treasure）として置いておきますから。

「宝物」（treasure）と称しているので、ヘレンの日記を含む話は、かなり価値のある話であると認識できる。

オトゥールは、「ギルバートとハルフォードのあいだのこのやり取りは、経済上のやり取りであるばかりか、感情的なもので、愛情を回復しようとしている」（239-40）として、オトゥールは次のようにも見解を示す。

ギルバートが妻の詳細な日記の内容を、別の男性に伝えるのは、ばかげていると読者には思える。加えて、ヘレンの地獄のような経験を男性同士のホモソーシャルの目的に使うという最悪の場合は、当惑してしまう。

ギルバートとハルフォードの関係は、イヴ・コゾフスキー・セジウィックの *Between Men* のモデルと一致する。(239)

このように、女性たちがいかに道具として使われているかという構造にもオトゥールは言及している。

第二段落になると急に調子が変化して、「ねえ(old boy)、恥ずかしくないのかい?」と親しそうに呼びかける疑問文で始まる。そして、今の年齢になるまで「長いあいだお互いに心の底から(intimately)分かり合えてきたし、ぼくは、ずっと遠慮なんかしないで信頼してつき合ってきたじゃないか(proofs of frankness and confidence)。きみが、ひどく鬱陶しく接しても、黙りを決め込んでも、ぼくは怒ったりしていないよ」と続く。マクドナルドは「ギルバートは、理想的なホモソーシャルな交流を、'proofs of frankness and confidence' という言葉で定義している」(66)と提示する。"intimate" は、肉体関係にあることを含む場合があるので、一般的に、異性間では婉曲表現として、"close" が好まれるにもかかわらず、ここでは"intimate"が使用されているので、マクドナルドは提示しているのかもしれない。だからと言って、必ずしも肉体関係があることを示唆しているわけではないだろう。しかし同性間の親密度の濃密さは見逃せない。(8)

第四段落の「きみに話そうと思う」(I am about to give him)の"him"に注意を払いたい。"him"はもちろんハルフォードのことであるが、ハルフォードを示す代名詞がなぜここだけわざわざ"him"なのだろうか。ギルバートは、ここで"him"を用いて、そのすぐまえの「ぼくの気難しい年来の友」(my crusty old friend)との結びつきを読者に印象づけたのではないだろうか。オープニング・セクションのなかで、ハルフォードを指す代名詞はすべて"you"である。この個所にだけ"him"を使用したのは、「ぼくの気難しい年来の友」であるハルフォードを、ここで強く意識するように仕向けたのではないだろうか。二人称は三人称より、個人的な印象が強い。ゆえに三人称の方が相手と自分とのあいだに距離ができる。単純にとらえるなら、二人称の方が二人の距離は近い。しかしここであえて三人称である"him"を用いると、読者はなぜここだけ、三人称なのだろうかと疑問を持ち、三人称に引き寄せられることになる。アンは、二人の関係に読者の注意を喚起するためにも、このような仕掛けとなる語彙を置いたのである。

以上の考察から、ハルフォードに強い関心を持っているギルバートの本意を把握するためには、オープニング・セクションは必要不可欠な手紙であることが理解できよう。

3　ギルバートを巡る二人の男性——ハルフォードとロレンス

ギルバートがどのようなタイプの人物であるのか、またどのような男性観を持っているのかを、第一章から始まる物語の内容から探ってみたい。

数年後、彼女［ローズ］がきみ［ハルフォード］の妻になるなんて聞いていませんでした。そのときはまだ、ぼくはきみのことをまったく知らなかったのですから。でも将来、ぼくときみは、彼女よりもっと親密度の濃い（close）友人になり、一七歳のあの無作法なやつ［ファーガス］よりもっと親密な（intimate）関係になると、あらかじめ定められていたのです。（第一章）

本稿2節で問題にした「親密度」を示す単語である“close”と“intimate”が、ここで使用されている。今はハルフォードの妻であるギルバートの妹、ローズより、またギルバートの弟、ファーガスより、ハルフォードとギルバートの関係は親密である（intimate）と記載されている。なぜ妹との比較で使った“close”を弟との比較でも使用しなかったのだろうか。それは意味を含んでいるからだ。オープニング・セクションのなかで触れたことと同じ現象、つまりギルバートは男性に興味を抱いていることがここで顕在化する。

ギルバートたちが若かった一八二七年一一月にギルバートの母が催したパーティへ、ヘレンを除く人たちが集まったとき、ギルバートがハルフォードにロレンスを紹介する場面を引用する。

ロレンス氏とぼくはかなり親しい関係でした（were on tolerably intimate terms）。【中略】（結果から言うと）、ぼくは彼の好みに一番合う仲間でした（was）。ぼくは彼をとても好きでした（liked）。【中略】彼は、粗野でなければ他人の素直な気軽さ（frankness）を評価していましたが、自分にはそのようなもの（frankness）はないので、称賛しようにもできませんでした。【中略】それは彼のプライドの低さや友人たちの信頼（confidence）のなさというよりむしろ、ある種の病的な繊細さ（delicacy）から生じているのだとぼくは確信して、彼のことを大目に見ていました。【中略】彼の心は傷つきやすい（sensitive）植物のようでした。【中略】ぼくときみとのあいだに、あれ以来湧きあがった深くてしっかりした友情（a deep and solid friendship, such as has since arisen between myself and you）というよりも、ぼくたちの親しさはむしろ共通の好みがあるというものでした（our intimacy was rather a mutual predilection）。（第四章）

"intimate" "frankness" "confidence" "intimacy" をまず見てみよう。ファーガスとの比較で用いられた"intimate"がまた使用されている。"frankness" "confidence"は、オープニング・セクションで、ハルフォードとギルバートの親しい仲を肯定的にとらえるときに使用されていたが、ここでは、ロレンスとギルバートの仲を否定的にとらえている。次に、時制に照準を合わせると、ギルバートとロレンスの関係は、過去形の"were"と"was"や"liked"で示されている。そして「ぼくときみ［ハルフォード］とのあいだに、あれ以来湧きあがった深くてしっかりした友情」(a deep and solid friendship, such as has since arisen between myself and you) と比較すると、「ぼくたち［ロレンスとギルバート］の親しさはむしろ共通の好みがあるというものでした(our intimacy was rather a mutual predilection)」と言って、ハルフォードとの方が深い仲であることを強調している。しかもロレンスとの関係には、過去形のまま使用されるが、ハルフォードとの関係には現在完了形が使用されているのを看過してはならない。

この引用文に続けて、ギルバートは、ハルフォードとロレンスを服にたとえている。

ハルフォード、ときどききみは気難しい (your occasional crustiness) ですが、きみのように着心地の良い古いコートにたとえられる人は他にはいません (I can liken to nothing so well as an old coat)。【中略】ロレンス氏は、新しい服のようで (Mr. Laurence was like a new garment)、見たところとても端正で整っ

ていますが、肘がタイトなので、腕を自由に動かすと縫い目が裂けてしまうのではないかと心配になります。（第四章）

「きみが気難しい」ことを和らげるために、「ハルフォード」とわざわざ呼びかけている。そして服を比喩的に用いて、ぼくはきみのことを大事に思っていると、伝えている。「気難しさ」（crustiness）は、オープニング・セクションの「ぼくの気難しい年来の友」（my crusty old friend）を、読者に思い起こさせもする。そしてここでも、新しい服にたとえられているロレンスには、過去形が用いられ、「古い」（old）コートにたとえられているハルフォードは、現在形で示されている。おそらく「馴染みのある、いつもの」（old）の意味も込められているのだろう。比喩表現においても、アンはギルバートのハルフォードへの潜在する想いを描出しているのである。

ハルフォードから、「彼女ときみはプレゼントを交換する仲だったのかい？」（第八章）と尋ねられたとき、ギルバートは、「正確には違うんだがね」（Not precisely, old buck）と答えている。この呼びかけである"old buck"は、オープニング・セクションの"old boy"を想起させ、親しさを強調しているようだ。

アーサーがロレンスのこどもであるかどうかを確かめるために、ギルバートがアーサーとロレンスを見比べている叙述ではどうだろうか。

二人［ロレンスとアーサー］は、世間の多くの男性より繊細な顔立ち（delicate features）で、小さな骨格（smaller bones）であったのは事実です。そしてロレンスの顔色は青白くて透き通って（pale and clear）いました。【中略】彼［アーサー］の大きくて澄みきった青い目は、ときには早まって深刻になることがあっても、ロレンス氏の遠慮がちな（shy）薄茶色の目とは、まったく似ていませんでした。ロレンス氏の傷つきやすい（sensitive）心は、あまりにも粗野な性に合わない世間に腹を立ててしまい、いつものように内奥へと退いてしまい、とても疑い深く外を眺めていました。（第九章）

"delicate (features)" "smaller (bones)" "pale and clear" "shy" "sensitive" などは、当時の女性に多く用いられる形容詞である。ハルフォードにロレンスを紹介する第四章でも、"delicacy" "sensitive" を用いてロレンスを描いていることから、ギルバートは、男性を描写するときに、女性的な印象を持つ語彙を好んで用いる傾向にあると解釈できる。

次に、ギルバートがロレンスに対して奇妙な愛情を感じている場面描写を引用する。

彼［ロレンス］の病気中も回復期も、絶えず彼に思いやりを持って訪ねました。それは回復を願うぼくの関心が、彼を元気づけ、あの「暴力」に対して可能な限り償いをしたいと思う気持ちからだけではなくて、彼への愛着がどんどん増してきて（my growing attachment to himself）、彼とのつき合いに喜びが増してきたからです。一部には、ぼくへの彼の誠実さが大きくなったからです。しかしそれは血筋と愛情の両方において、ぼくの熱愛するヘレンと彼が密接な関係にあったからです。そのためにぼくは彼を愛しましたが、もっともそのことを表現するのは好みませんでした（I loved him for it better than I liked to express）。そのほっそりした白い指（slender, white fingers）を、彼女自身のものであるかのように、信じられないように握り、彼は女性ではない（he was not a woman）とつくづく思い、彼の色白で色の淡い顔立ち（fair, pale features）に一時的によぎる変化を見つけて、密かな喜び（secret delight）を感じました。（第四六章）

ヘレンに直接会えないので、思いのたけを伝えられない。それゆえ、ロレンスをヘレンの代用にしている見方が自然である。ロレンスへの愛情表現をヘレンと置き換えれば、納得のいく文章である。とは言え、ギルバートのロレンスへの素直な想いが表現されていないわけではない。「ほっそりした白い指」（slender, white fingers）や「色白で色の淡い顔立ち」（fair, pale features）に興味を示していることは、アーサーとロレンスを見比べている第九章と同様に、ギルバートは、ロレンスの女性的な部分に関心があって、喜びを感じているのだ。そしてそれは「密かな喜び」（secret delight）である。密かな喜びであるために、公にすることはできない。血筋と愛情の両方において、ぼくの熱愛するヘレンと彼が密接な関係にあったから、「ぼくは彼を愛しましたが、もっともそのことを表現するのは好みませんでした」（I loved him for it better than I liked to express）とある。ヘレンとロレンスは血縁関係にあるからロレンスを愛したことを、なぜ表現したくなかったのだろうか。この言葉には、ギルバートの隠されたロレンスへの情が込められているのではないだろうか。「彼は女性ではない」（he was not a woman）に目を留めよう。この "woman" はヘレンのことであれば、なぜ "the woman" と記さないのだろうか。ロレンスがヘレンの代用であれば、"the woman" の方が適切である。"a woman" であれば女性一般になる。自分は男性であるので、愛する対象は女性でなければならないという一般的な社会の縛りを、つまり男性と女性の性差を、ギルバートが感じていることを示唆しているのではないだろうか。

次のようにインガムは力説している。

こういうこと［当時の社会的規範や男女の相異］に挑めば、さまざまな問題がブロンテ姉妹の小説のように生じることになる。生まれついた［生来の］属性は、正確に、性別を反映した［男女どちらかの性に特有の］ものなのか？　そのような属性は、バランスの問題とは関係なく、そんなに的確に別々に考えられるものなのか？　当然とされている男女の性差は、一つの性がもう一つの性の支配を確実にするために、広く組織化された社会を適切に正当化するものなのか？（147）

インガムは、性の多様性をも意識しているのではないだろうか。男性と女性の相異だけでなく、性の多様性いわゆるLGBTQ+[9]にも差があるわけではないと読み解きたい。「生まれついた属性の問題にエミリやアンだけでなくシャーロットも直接的に挑む」（148）から推測すれば、アンは生まれついた、男女の性差の問題に興味を持ち、疑義を抱いていたのだ。つまり生まれ持った性のみで個人を区別するのではなくて、性はもっと多様なものであるとする視点から、この作品を執筆したのではないだろうか。異性愛者だけが正常で、それから逸脱する者は異端視されたり差別化されたりすることに、アンは懐疑を抱いていたのだ。ヘテロセクシュアルは、多様な性的指向の一つであり、シスジェンダー（cisgender）[10]も多様な性自認の一つであるだけで、それがすべてであるわけではないと、アンは考えていたのだ。性の多様性を前提にすれば、ギルバートのハルフォードへの傾向つまり二人の希有な仲も、柔軟に読み熟すことができる。

性の多様性を視野に入れて、ギルバートを観察してみよう。次の引用は、ロレンスがギルバートとヘレンの結婚に反対であることを伝えている場面である。

こんなときに彼［ロレンス］と口論することは、とても馬鹿げたことであり、無作法なことであると言わねばなりません。ぼくは心のなかで、彼を不当に扱っていたと告白します。実際には、彼はぼくをとても好きだったのです（he liked me very well）が、ハンティンドン夫人とぼくの結婚が、世間でいう身分違いの結婚になるだろうと、彼は十分に気づいていたのです。そして世間に対して挑戦的な態度を取るのは彼の性格に合わなかったのです。（第五〇章）

「彼はぼくをとても好きだったのです」（he liked me very well）と、なぜこのように言葉を挟むのだろう。ロレンスがギルバートとヘレンの結婚に反対であるといえば十分である。この言葉は必要だろうか。ロレンスの性格を理解していると言えば済むのではないだろうか。このような言葉を挿入するのは、ギルバートがハルフォードの感性に訴えかけて、彼の気持ちを引き寄せたいためではないだろうか。彼がハルフォードの心事をかき立てていることは、次の引用からも確認できる。

ロレンスとぼくは何となくうまくいかないようになっていたのはお分かりでしょう。事実、ぼくたちは二人ともちょっと神経質だった（we were both of us a little too touchy）のだと思います。ハルフォード、意図されたわけではない無礼な言動にも反応する感じやすい感情（this susceptibility to affronts where none are intended）とは困ったものです。（第五〇章）

ギルバートは、ロレンスとうまくいかなくなった原因が、「ちょっと神経質」（a little too touchy）であったからであり、「意図されたわけではない無礼な言動にも反応する感じやすい感情」（this susceptibility to affronts where none are intended）であったと言う。これは、ロレンスとギルバートの関係が、ハルフォードとギルバートの関係に似ていることをハルフォードに告げて、彼に関心を持たせようとしているのだ。なぜなら、「ハルフォード、意図されたわけではない無礼な言動にも反応する感じやすい感情」（Halford, this susceptibility to affronts where none are intended）は、服のメタファーの場面で言う「ハルフォード、きみは時々気難しい」（Halford, ... your occasional crustiness）（第四章）に一脈通じるからである。また「気難しさ」（crustiness）については先述したが、オープニング・セクションの「ぼくの気難しい年来の友」（my crusty old friend）を呼び起こすからである。

ヘレンとロレンスが結婚すると誤解していたが、その誤解が解けたときのギルバートの心境にも目を向けよう。

ぼくは花嫁［エスタ］にお辞儀をして、熱烈に花婿［ロレンス］の手を固く握りしめました。「どうしてこのことをぼくに言ってくれなかったのですか」と、ぼくは感じてもいないのに恨んでいるように装って、責めるように言いました。（実は、自分があまりにうれしい間違いをしていたことが分かって、歓喜のあまり狂気じみていたのです。このことや、ぼくが心のなかで、彼を卑劣にも不当に扱っていたと感じたために、彼への愛情が溢れ出しました（overflowing with affection to him）。彼はぼくに悪いことをしたかもしれませんが、それは《そんなに》限界を超えるようなものではなかったのです。ぼくはこの四〇時間のあいだ、彼を悪魔のように憎んでいましたから、そんな感情からの反応がとても大きくて、その瞬間すべての怒りを許せたのです。そう　そんな怒りがあっても彼を愛せたのです（[I could] love him)）。（第五一章）

誤解が解けたときの、ギルバートの天にも昇る心地が表されている。素直に読めば、ギルバートのヘレンへの充溢した愛情表現である。しかし、「彼への愛情が溢れ出しました」（overflowing with affection to him)、「彼を愛せたのです」（[I could] love him）という強い言い回しで、ロレンスへの情感を表出したことを考えると、ギルバートは、ヘテロセクシュアルの範疇に収まらない感情を表現しないわけにはいかなかったと言わざるを得ない。「実は」から始まり「愛せたのです」で終わる文章は、丸括弧つきであることに目を注ごう。括弧書きは、補足説明を表す場合にも用いることからすれば、すでに言った内容ほど重要でないかもしれない。それでも言い添えたい複雑な愛情を表すために、ギルバートのヘテロセクシュアルではない心情を指し示すために、アンは技巧を凝らして丸括弧を付与したのだ。

第九章のアーサーとロレンスの描写は、ロレンスの女性的なイメージにギルバートがこだわりを持って眺めていても、読者の念頭には、おい［アーサー］とおじ［ロレンス］の関係があるために、ギルバートのこだわりまで感知しないで、あっさり見過ごしてしまう。

第四六章においても、ギルバートが「彼［ロレンス］への愛着がどんどん増してきて」や「彼［ロレンス］を愛しました」と言っても、それはヘレンを盾にした、ヘレンを仲介した描写として、私たち読者は納得してしまう。しかし、これがアンの戦略であったのだ。アーサーやヘレンを隠れ蓑としてカムフラージュすることで、ギルバートの性的マイノリティを黙示したのだ。

アンは、ヘレンを時代に先んじていた戦闘的な女性であると位置づけただけでなく、通奏低音とも言える性の多様性を、多様な性のあり方の具現化を、ギルバートの人物像に図ったのである。

4　日記開示の意味

日記は秘匿のものという価値観では、妻の日記を義弟に見せる行為は許されるべきものではない。しかし日記を媒介にして、日記を書き留めた本人［ヘレン］の価値を知ってもらうために、その価値を理解できる人［ハルフォード］に開示したとすればどうだろうか。

ヘレンの日記を読んでヘレンの実情を知って、ギルバートのヘレンへの疑惑が氷解した。たとえ隠しておきたい過去が綴られていても、ヘレンが自らの日記をギルバートに渡した理由は、彼の事実誤認を解くためであった。見せるべきものでないもの、見せたくないものをあえて見せることによって、事実が判明したのである。こうしてギルバートとヘレンの仲は修復される。このことに背中を押されて、ギルバートはハルフォードとの関係の修復を図ろうと思いついて、ハルフォードに手紙を投函したのである。

これまでの検証から明らかなように、ギルバートにとってハルフォードは、ヘレンと同じように大切な人物である。それゆえハルフォードに開示する決意をしたのだ。

オープニング・セクションの第一段落から分かるように、ハルフォードから「特別に興味深い話」(a very particular and interesting account) を聞いて、「信頼の証しとも言える打ち明け話」(confidence) を求められたとき、妻の日記を含む一連の話は、「お返し」(return) としてふさわしいと、ギルバートは思ったと推察できる。しかし、ギルバートはそのとき咄嗟に判断して、「話せる話なんて何もないと口実をつけて断った」（I declined, under the plea of having nothing to tell）。日記の持つ意味合いを十分理解しているギルバートは、妻の日記を即座に話す気には到底なれなかったからだ。ハルフォードの話と同じ価値を持つ話でないと意味がないと思っていたギルバートには、熟慮する時間が必要であった。熟考を重ねた末、ハルフォードの話に見合う話は、ヘレンの日記を含む長い話であるとの結論に至ったのである。

5　おわりに

「アンは『ワイルドフェル・ホールの住人』のなかで、親族関係や性関係をつぶすというより並べようとしているようだ。それゆえ『ワイルドフェル・ホールの住人』は一九世紀の家庭を扱う小説としては、非常に変わった例になっている」（O'Toole 247）は傾聴に値する。本稿の1節で、二〇年近くの結婚生活のなかで、夫婦に問題が生じている可能性に言及したが、実際には関係が悪化していると思える節はまったくない。ギルバートはハルフォードへの手紙の最後に、「ぼくのヘレンとぼくはなんと幸せに愛し合って暮らしているかを、きみに言うまでもない」（第五三章）と伝えていることからすれば、夫婦が危機に瀕しているのではなくて幸せそのものである。今はハルフォードとの仲を、回復しなければならない状態にある。それゆえ男性同士の関係の回復を目指したのではないだろうか。夫婦より男性同士の方が屹立するのではなく、夫婦の愛情と男性同士の愛情が対峙するのでもない。双方の愛が同程度に大切であるとギルバートは認識したのだ。「ぼくたちは今、きみとローズの来訪を楽しみにしている。きみたちの例年の訪問の時期が近づいている」（第五三章）と記している。四人で二組の家族がこれまで通り、幸せに平穏な再会をするために、ギルバートはこの長い手紙を認めたのだ。ヘレンとの夫婦関係と同じように、ハルフォードとの関係を重視している彼を、アンは顕示したのだ。ジョウシはギルバートとハルフォードに「新しい男性性の形態」（new form of masculinity）(916, 918) の文言を当てて論旨を展開している。この文言は、男性と女性にカテゴライズされないセクシュアルマイノリティを提起しているのかもしれない。

「慎み深さ、無知、性的抑圧というヴィクトリア朝時代の根強いステレオタイプでとらえるのであれば、この章はあまりにも短くなってしまうだろう」（"Sexuality" 328）と論を始めたメイタスは、次のように論を閉じている。

ブロンテ小説のセクシュアリティは、主として異性愛である。だが批評家は、学校劇でルーシー・スノウが男性の衣服を身につけたり、ジネヴラの求愛する演技は、異性愛の力学への興味ある介入であると解釈している。また小説は、セクシュアリティと人種に関しての一九世紀に広く行き渡っていた想定に基づいてもいる。つまり東洋人やカリブ海とアフリカの人たちは、セクシュアリティの過剰と結びつけられている。しかしセクシュアリティに関する彼女たちの時代の文化の標準的観念の多くを反映しているとしても、ブロンテの描く小説は、その時代の多くのものよりずっと大胆でもある。(333)

第二版への序文(5)の最後でアンは「本がよければ、著者の性別がどちらであっても、良いものであることに満足している」(I am satisfied that if a book is a good one, it is so whatever the sex of the author may be.)と宣言している。この言葉は、男女を差別している批評家への反論である。アンは男性と女性といった性別で人を区別する作家ではない。この言葉を性の多様性に範囲を広げると、登場人物が性的マイノリティであるから、その人物に差異を施すような作家ではないだろう。その人物を退けようとする作家ではないだろう。しかし、時代背景を考慮に入れたアンは、ギルバートのセクシュアルマイノリティの描写を、あからさまに表出しないように細心の注意を払いながら描いた。その手法は刮目に値し、二一世紀の読者の関心を引きつけるのである。

注

（1） See Inga-Stina Ewbank, *Their Proper Sphere: A Study of the Brontë Sisters as Early-Victorian Female Novelists* (Cambridge, MA: Harvard University Press, 1966), p.83; Eagleton, p.130; and Tess O'Toole, 'Siblings and Suitors in the Narrative Architecture of *The Tenant of Wildfell Hall*', *Studies in English Literature 1500-1900*, 39.4 (1999), 715-31 (pp.718-19). An extended analysis of the character is supplied by Andrea Westcott in 'A Matter of Strong Prejudice: Gilbert Markham's Self Portrait', in *New Approaches*, pp.213-25. Lopéz points out that 'Gilbert's initial response after reading the diary is a selfish one'; see Lopéz, p.185.（19）などと、ギルバートに関する批判的な見解を挙げている。

（2） この点に関しては、拙論「『ワイルドフェル・ホールの住人』——「井戸の奥底に隠れている」ものは何か」『イギリス文学のランドマーク——大榎茂行教授喜寿記念論文集』（大阪教育図書、二〇一一年）を参照。

（3） G・D・ハーグリーヴズの二つの論文にある「オープニング・セクション」（the opening section preceding chapter 1）に依拠する。

（4） テクストはクラレンドン版とし、本書からの引用はこの版に依るものとする。手元にある一九九四年のペンギン普及版も、オープニング・セクションは欠落している。

（5）「ヴィクトリア朝小説の三巻本」と拙訳した原文は、"three-volume edition of a Victorian novel" で、'three-decker' novel のことと解釈した。

（6）デボラ・ラッツは、オースティンの時代には家族間で手紙を回す習慣があった（131）と言う。『分別と多感』（一八一一年）の第四四章や『エマ』（一八一五年）の第一九章を参照。一八四〇年ペニー郵便制度が施行されて人々の考え方は変化した。しかし習慣化していた家族間での手紙の開示が、数年の間になくなるとは考えにくい。

（7）『嵐が丘』（一八四七年）がロックウッドとネリーの語り手による入れ子構造であることから言うと、もちろん本作品もギルバートとヘレンによる入れ子構造ではある。

（8）肉体関係があることを必ずしも示唆しているわけではないが、それでも同性間の親密度の濃密さは見逃せないと記載したのは、イヴ・コゾフスキー・セジウィックの「『ホモソーシャル』は歴史や社会科学の分野で時々使われる語彙で、同じ性の人たちのあいだで社会的絆を示している。この語彙は新造語であり、明らかに『ホモセクシュアル』との類似であるが、また『ホモセクシュアル』と区別することを意味してもいる」（1）に、依拠する。

（9）LGBTQ+ としたのは、性の多様性は流動的だからである。LGBT あるいは LGBTQ が、現時点では分かりやすい。しかし性的指向である LGB と性自認である T を一緒に扱うことになる。それゆえSOGIも考えたが、SOGIは*OED*に掲載されていない。*OED*にdraft additionsとして二〇〇六年に"LGBT"二〇一八年に"LGBTI,"そして"LGBTIQ (also LGBTQI)"が記載されている。以上はまだ十分なアップデイトではなく、修正版としての日付はオンライン上で二〇二一年六月である。因みに、LGBTを扱った映画として第八九回アカデミー賞でノミネートされ、作品賞を受賞した*Moonlight*（2016）は大学の教科書に採用されている。

（10）出生時に充てられた性と、自らが認める性が一致する性。*OED*の二〇一八年三月のオンライン上での修正版には以下が記載されている。"Designating a person whose sense of personal identity and gender corresponds to his or her sex at birth; of or relating to such persons. Contrasted with transgender."

引用文献

Austen, Jane. *Emma*. Edited by Ronald Blythe, Penguin Books, 1982.

———. *Sense and Sensibility*. Edited by Tony Tanner, Penguin Books, 1982.

Berry, Laura C. "Acts of Custody and Incarceration in *Wuthering Heights* and *The Tenant of Wildfell Hall*." *Novel: A Forum on Fiction*, vol.30, no.1, fall 1996, pp.32-55.

Brontë, Anne. *The Tenant of Wildfell Hall*. Edited by Herbert Rosengarten, Oxford UP, 1998.

______. Preface. *The Tenant of Wildfell Hall*. Edited by Herbert Rosengarten, Oxford UP, 1998, pp.3-5.

"Cisgender, *N*." *Oxford English Dictionary*, Oxford UP, 2018.

Eagleton, Terry. *Myths of Power: A Marxist Study of the Brontës*. Macmillan Press, 1975.

Hargreaves, G.D. "Incomplete Texts of *The Tenant of Wildfell Hall*." *Brontë Society Transactions*, vol.16, issue 2, 1972, pp.113-17.

______. "Further Omissions in *The Tenant of Wildfell Hall*." *Brontë Society Transactions*, vol.17, issue 2, 1977, pp.115-21.

Ingham, Patricia. *The Brontës*. Oxford UP, 2008.

Joshi, Priti. "Masculinity and Gossip in Anne Brontë's *Tenant*." *Studies in English Literature, 1500-1900*, vol.49, no.4, autumn 2009, pp.907-24. *JSTOR*.

"LGBTIQ (also LGBTQI)." *Oxford English Dictionary*, Oxford UP, 2021.

Lutz, Deborah. *The Brontë Cabinet: Three Lives in Nine Objects*, W. W. Norton, 2015.

MacDonald, Tara. *The New Man, Masculinity and Marriage in the Victorian Novel*. Routledge, 2016.

MacMaster, Juliet. "'Imbecile Laughter' and 'Desperate Earnest' in *The Tenant of Wildfell Hall*." *Modern*

Language Quarterly, vol.43, issue 4, 1982, pp.352-68.

Matus, Jill L. "'Strong family likeness': *Jane Eyre* and *The Tenant of Wildfell Fall*." *The Cambridge Companion to the Brontës*, edited by Heather Glen, Cambridge UP, 2002, pp.99-121.

______. "Sexuality." *The Brontës in Context*, edited by Marianne Thormählen, Cambridge UP, 2012, pp.328-34.

O'Toole, Tess. "Siblings and Suitors in the Narrative Architecture of *The Tenant of Wildfell Hall*." *The Brontës*, edited by Patricia Ingham, Pearson Education, 2003, pp.234-51.

Pike, Judith E. "Breeching Boys: Milksops, Men's Clubs and the Modelling of Masculinity in Anne Brontë's *Agnes Grey* and *The Tenant of Wildfell Hall*." *Brontë Studies*, vol.37, no.2, Apr. 2012, pp.112-24.

Rosengarten, Herbert. Note. *The Tenant of Wildfell Fall*, edited by Rosengarten, Oxford UP, 1998, pp.xxv-xxvii.

Sedgwick, Eve Kosofsky. *Between Men: English Literature and Male Homosocial Desire*. Columbia UP, 1985.

Thormählen, Marianne. "'Horror and disgust': Reading *The Tenant of Wildfell Hall*." *Brontë Studies*, vol.44, no.1, Jan. 2019, pp.5-19.

Williams, Merryn. *Women in the English Novel, 1800-1900*. Macmillan Press, 1985.

アン・ブロンテの絵画をめぐる一考察――海の風景と女性像

兼中　裕美

1　はじめに

ブロンテ姉妹は主に小説や詩集等の文学作品に注目が集まり、絵画作品は、きょうだいのブランウェル・ブロンテによる彼らの肖像画で、“Pillar Portrait”（一八三四年）と呼ばれているものを除いて取り上げられることは多くはなかった。しかしクリスティーン・アレグザンダーとジェイン・セラーズによる絵画集の出版や、作品中に出てくる絵画、例えば『ジェイン・エア』（一八四七年）でジェインが読むトマス・ビューイックの本（Thomas Bewick's *A History of British Birds*）（一七九七年、一八〇四年）など、広い意味での絵画への関心が高まっている。

末っ子のアン・ブロンテの絵画については、他の画家の絵からコピー［模写］したものが多いが、そのいくつかは単にコピーしたのではなく彼女の独創的な点も指摘されている（Alexander and Sellars 135）。そこから制作時の状況について推測した伝記的な解釈や、彼女の小説で主人公が画家である『ワイルドフェル・ホールの住人』（一八四八年）との比較から、彼女の絵画の変遷を彼女自身の成長と結びつける解釈が出されている。

本論では、アンの独創的な絵画の一つである、一八三九年一一月一三日の日付の、「日の出に海の風景を見る女性」("Woman gazing at a sunrise over a seascape")と呼ばれている絵画を取り上げる。最初に、従来の解釈をめぐってその問題点を指摘し、後の彼女の小説作品とは切り離して見ていく理由を提示する。次に、この絵画に描かれた女性について、同じヴィクトリア朝時代に制作された、姉シャーロット・ブロンテを含む他者の絵画と比較して考察する。そして、アンともう一人の姉エミリ・ブロンテとの共同創作活動や日記から、絵画制作への影響を掘り下げ、アンのこの絵について何が表現されているか、その特徴を解明したい。

2　絵の自伝的解釈とその背景

本論で取り上げるこの絵について、絵画集の編者の一人、セラーズは、次のように描写している(Alexander and Sellars 407)(次頁 図一参照)。[1]

図一（いかなる場合でも転載を禁止する）

若い女性の後ろ姿が前面にある海の風景である。右手は目をかざすために上げられ、左手には白いハンカチを持っている。【中略】二つの独立した岩が右手に海から突き出ている。海は穏やかで、漕ぐボートとその上にはかもめの群れが飛んでいる。遠くには左手に二隻の航行する小型の船が、右手には大型の船が見える。さらに遠くには陸の沿岸が見える。（406）

このように説明されている絵画について、従来の解釈はどのようなものだっただろうか。

同絵画集でセラーズは、このように観者に背を向けて遠くの方を見ている独りの女性像は、一九世紀の北ヨーロッパのロマン派、特にドイツの風景画家のカスパー・ダーヴィト・フリードリヒ（Caspar David Friedrich）によく見られることを指摘した後、こう述べる。「この若い女性の姿は彼女［アン］が今いる世界よりもっと大きな世界とのつながりを切望する感情を表現している」(141-42)。そして、アンの伝記作家であり詩集の編者でもあるエドワード・チタムの自伝的解釈を取り上げて、この女性はアンの人生のこの時点での自画像であるという[2](Alexander and Sellars 142)。一方、セラーズは技術面にも目を向けて、この絵の象徴的な(symbolic)内容だけでなくその扱いのいくつかの点でも、これは他の作品を直接コピー[模写]したというよりはアン自身の想像力の産物である点で、顕著な作品であると判断する。彼女はアンがコピー[模写]した絵画と比較し、それらとの違いからこの絵の独創性を明確にする。例えば、岩のフォーメーションについてこれはおそらくコピーであるかもしれないが、想像力によるタッチが加わっていると指摘する。ただし、「それにもかかわらず、アンが自分自身の感情をいくぶん付与した絵画を見るのは清々しいことだ」と、チタムの自伝的解釈に従って、アン自身の思いを絵の中に読み込んでいる(Alexander and Sellars 142, 407)。

しかしながら、このようにこの絵の女性をアン自身の自画像であると見なし、その描写を彼女の感情を表した、シンボルとして読む自伝的解釈を、アントニア・ロサノは問題視する。[3] 次節ではそれについて詳しく見ていこう。

3　自伝的解釈の問題点

ロサノは、一八三九年のアンのこの「日の出に海の風景を見る女性」と呼ばれている絵画について、従来のこの絵の女性に対するチタムやセラーズのような伝記的な解釈は、一九世紀の当時独特の女性画家に対するスタンス、すなわち女性画家自身に注目し作品自体から離れた解釈を思い出させるものであると、問題視する。ロサノの指摘する、絵画でなく画家に焦点を当てることの問題点とは、一九世紀当時の女性画家に対する偏見、すなわち女性であるから、その作者である［女性］画家に焦点を当てて、作品である絵画そのものを見ないことである（1-3）。

さらにロサノは、このような視点が、女性画家ヘレンを主人公にした後のアンの小説『ワイルドフェル・ホールの住人』の従来の批評家たちにも見られることを指摘し、ロサノ自身はヘレンの絵を、そのような画家［アン］自身の感情を投影した画家の自己表現として見ることを否定する。彼女はそれと切り離して、ヘレンの絵とその制作の描写場面に注目する。すなわち、一九世紀初めの絵画史上特に錯綜した時期に制作者であった女性［画家］たちの役割について、この小説の急進的な（radical）見方の指標となっているものとして、それらを見る必要性を訴える（7）。

そしてロサノは、画家としてのヘレンに、その作者である画家としてのアンの［試行錯誤する］姿を重ねる。それ故、最後にアンのこの絵に描かれた女性に戻って論じるときにも、従来のアン自身の憧れなどの感情表現とは別の可能性を提示する（40-41）。すなわち、この絵の内容や技術的な面、構成や配置などに注目し、絵画の女性の姿やポーズ、視線、周囲の岩や海や光の陰影などから、画家としてのアンが絵画制作上の様々な技術的要素（elements）を試している習作（exercise）と見なす（41）。

しかし、ロサノのように、フィクションであるアンの後の小説との関係性からこの絵画を見ることも、また別の問題があるように思われる。確かに彼女は、絵画やその制作活動そのものと、フィクション［小説］とを関連付けることによって、フィクション［小説］の登場人物や描かれたり述べられたりすることを、作者であるアンもしくはアンの考え方や感情と同一視する、自伝的解釈とは異なる可能性を提示している。一方、この絵の女性に、「遠くの船を懸命に見ようとする姿」を認識しながらも、それをアン自身が実際にこの絵の試作をしている姿と同一視する、新たな自伝的解釈で自身の論を締めくくる。本論はこの可能性を否定するわけではないが、それによって見失われるものも生じてくることに注目したい。つまりアンのもうひとつのフィクション［創作物語］である「ゴンダル物語」であるが、それについては後で詳述する。

なおアンと、フィクションである彼女の小説とのあいだにも自伝的解釈が見られる。例えばアンが詩を作る理由について、彼女の小説『アグネス・グレイ』（一八四七年）からの、主人公アグネスの詩作の理由を表す有名な一節、「私たちが悲しみや不安に悩まされる時には、あるいは私たちが自分の心の内だけに秘めておかなければならないような強い感情に長い間抑圧されている時には、【中略】私たちはしばしば自ずと詩に慰めを求める」（第一七章）をあげて、それをアン自身の詩作の理由と同一視する、自伝的解釈がよく見られる。(4)

しかしアンは、ゴンダル物語詩との区別がつきにくい姉エミリと違って、物語詩と個人的な詩（personal poems）をかなり区別している（Alexander xl）。アンの詩を一概に彼女自身の気持ちや感情を表現したものとする危険についても指摘されているが、本論では指摘するにとどめておく。(5)

本論では、フィクション［小説］との関係を措いて、絵の制作当時の状況などを考慮に入れて、同じく絵画集に見られる姉のシャーロットの絵を比較検討し、また近い時期に書かれたゴンダル物語や、その共同創作者であったエミリとの日記（diary papers）を見ることによって、アンの状況を捉え直し、その視点からこの絵画を見ることを試みたい。

4　絵の新たな解釈、シャーロットの絵との比較

それでは、もう一度アンの絵の描写を確認してみよう（図一参照）。

先のセラーズの描写から、後ろ姿の女性が右手で顔をかざして遠く海の方を見ていること、左手には白いハンカチを持っていることがわかる。そしてその海の彼方には左手に航行する小型の船と、右

手には大きめの帆船が描かれているのが見える。ここからこれは、女性がただ単に船を見ているのではなく、船を見送っているところを描いた絵ではないかと推測することが可能だろう。

図二（いかなる場合でも転載を禁止する）

同じヴィクトリア朝でもかなり後の時代ではあるが、同じようなポーズで船出を見送る女性たちを描いた絵がある（前頁図二参照）。

これは一八八〇年に展示された『さよなら、マージー河口で』（*Goodbye, On The Mersey*）というタイトルのジェームズ・ティソット（James Tissot）の絵である。彼は一八三六年生まれのフランス人で、一八七一年にロンドンに移住した。［なおフランス語の本名は、ジャック＝ジョセフ・ティソット（Jacques Joseph Tissot）である。］この絵は、当時まだ大西洋航路の港だったリバプールのマージー川の河口で、後ろ姿の女性がハンカチを持って、隣の男性と共にニューヨークに向かって出航する船とその乗船者たちを見送る別れの場面を描いた絵画である。ちなみにこの川は、ブランウェルが一八四五年九月一〇日付の手紙で、小説を書くことの喩えとして、触れている（「マージー川を飛び越える」）川でもある（Gérin 249）。

この絵との類似点から再度アンの絵を見ると、船との距離の違いがあり、アンの絵の中の女性は、帽子をかぶっていないが、船のある海の方を見ようと右手を顔にかざし、もう片方の下に下ろした手にはハンカチを持っているという点でよく似た状況がうかがえる。それはすなわち、同じく日の出に海の向こうの島か陸地へ向かって船が出ていった後、出航した船の後を追って、その船の方を遠くまで見ようとしている姿、つまり、ティソットの絵と同様に、誰か帆船の乗客を見送った直後の姿を描いたものとみなすことができるだろう。すると今度はこの女性は誰かということに解釈の着眼点が移っていく。

先に引用したように、絵画集の中でセラーズは、アンのこの絵が特に顕著な理由の一つに、コピーよりはむしろ「画家のイマジネーション［想像力］によるもの」（Alexander and Sellars 142）であることを挙げている。この指摘に従って解釈を進めると、アンが絵と同時期に創作していた物語や詩を考慮に入れることが必要だということになる。それでは、アンがこの絵を作成した時期である、一八三九年とはどのような時期だっただろうか。まず、それを確認しておこう。

よく知られているように、四人のブロンテきょうだいは子ども時代から空想物語を創作し、次第に二人ずつが共同で、アンはエミリとともにゴンダル（Gondal）物語を創作する。アレグザンダーが指摘するように（xxxiii）、姉たちのアングリア（Angria）物語と違って、ゴンダル物語については残存するものが少ないため再構築が難しく、二人の詩と、三、四年おきに、主にエミリの誕生日に書く日記が、唯一の手がかりである。

まずアンの詩については、チタムの分類によると、彼女の詩のアウトプットは三つの時期に分かれる。(i) 一八四〇年以前で、エミリとゴンダル物語に勤しんでいる時期、(ii) 一八四〇年一月一日から始まって、個人的な詩（personal poems）を特徴とする時期、(iii) 一八四七年四月付の五五番以降の個人的な詩の時期の三つである（*Poems* [2nd ed.] xii）。

このうち一八三九年は(i)に該当し、もっぱらゴンダル物語詩を創作している時期である。だが、アンのゴンダル詩とゴンダルでない［個人的な］詩のアウトプットを年代別に表にしたチタムのグラフが示すように、一八三九年だけは詩のアウトプットが全く残っていない（*Poems* [2nd ed.] 203）。それはちょうどアンが初めて家庭教師の職を得て、学校以外に初めて家族と離れて暮らし始めた時期と重なる。しかし、四月に家を出て同年一二月には解雇されている。チタムは、「［アンの五七番の詩が示すように］教えることは彼女にとって天職だった」と見なしているが、「アンの初めての就職の時はひどい日々だった」（*Poems* [2nd ed.] xi）と述べるように、初めての教える仕事であった家庭教師の職に就くという体験は大変なことであった。そして、当時はまだ個人的な詩に移る前の、ゴンダル物語の詩の創作の時期だったので、特に共同創作者だったエミリと離れて、詩を書くのは難しかっただろうと推測される。

ちなみに、そのような状況でも、あるいはそのような状況だからこそであったのか、絵画制作の方は、セラーズが、「一八四〇年七月に、ソープ・グリーンでの新たな仕事に就いてわずか一か月後、アンは風景の中に女性の姿がある二枚目の絵画、“What you please”という謎めいたタイトルのついた絵を制作した」（Alexander and Sellars 142）と述べるように、次の家庭教師先では比較的早い時期に行われている。[6] このことから詩の創作は、特にこの時期はまだゴンダル物語詩が主で続いていたことから、エミリと離れず、時間をかけてやる必要があったのではないかと思われる。[7] このように詩のアウトプットが無い時期に、この絵が一種のアウトプットとして存在するのは意義深い。つまりそれは、絵の制作がゴンダル物語と詩の創作の代わりとなり、女性はその登場人物の一人だと考えることはできないだろうか。

この絵の女性をゴンダル物語の登場人物だと推測する一つの根拠は、姉のシャーロットの絵画に同様のものが見られることにある。自分が描く絵の中に、同時期に創作中の物語の登場人物を描写するのは、シャーロットにすでに見られていることがアレグザンダーによって指摘されている（Alexander and Sellars 213)。例えば、一八三三年の一〇〇番、「ゼノビア公爵夫人エルリントン」（"Zenobia Marchioness Ellrington"）とタイトルのついたポートレート［肖像画］には、彼女のグラスタウン（Glass Town）物語からの登場人物像が込められており（217)、一八三四年の一一三番の、「アングリアの王、ザモーナ公爵」（"King of Angria, Duke

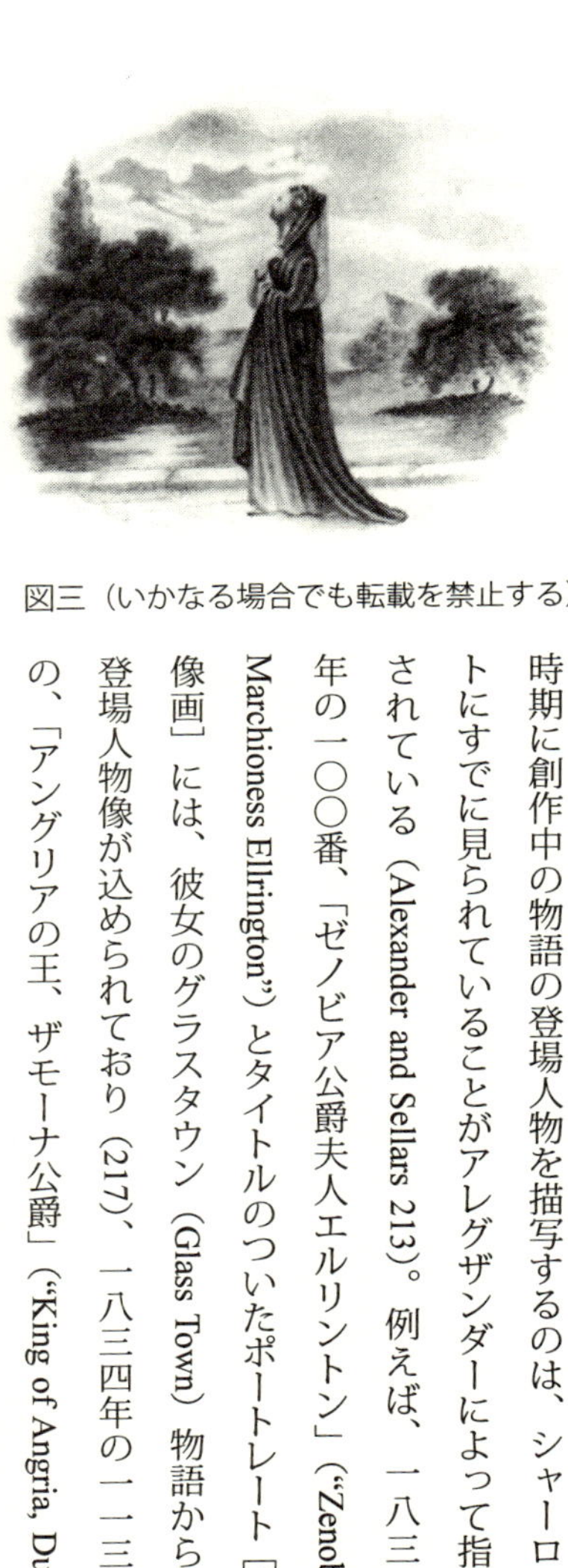

図三（いかなる場合でも転載を禁止する）

of Zarmorna"）は、アングリア物語の登場人物の肖像画であるとされる（226）。

一例としてアンの絵画と構図がよく似た、一八三三–一八三五年の九五番、「女性［婦人］像のある風景」（"Landscape with figure of a lady"）を見てみよう（前頁 図三参照）。シャーロットのこの絵は、遠くの背景に湖や木々の風景が描かれ、前面中央には［アンの絵と違って横向きだが］女性が立っている姿が描かれている(8)（Alexander and Sellars 213）。

この絵についてアレグザンダーは、コピー［模写］であることを示唆しながらも、ブロンテのゴンダル物語を再構築したファニー・ラッチフォードが挙げた、「瞑想のポーズをした【中略】追放されたザモーナ公爵夫人」の説明文を引用して、ゴンダル物語の登場人物を示していることを指摘している（Alexander and Sellars 213）。

さらに続けてアレグザンダーは、一八三八年のシャーロットの詩も引用し、創作年代からグラスタウンとアングリア物語にシャーロットが取り組んでいる時期であったことから、この絵の女性は同時期に創作中の物語の登場人物だろうと推定している（Alexander and Sellars 213）。つまりアレグザンダーも、同時期に作成したと推定される詩を比較対象として挙げて、ラッチフォードの説に理解を示しているのである。

このようにシャーロットが、自分の創作中の物語や物語詩の登場人物を肖像画や風景画の中の人物、あるいは風景を背景に絵に描いていることから、妹のアンも同じように物語から着想してこの絵を描いたと考えることができるだろう。

なおこの翌年一八三九年は、アンの絵の制作年という意味で重要だが、同時にまた、もう一つの意味のある年でもある。それは、シャーロットがきょうだいの創作物語から離脱した年でもあった。シャーロットも同年、短期間家庭教師に行ったが、その後しばらくして、最後のアングリア物語、「アングリアへの別れ」("Farewell to Angria")を書いている。この点から、同時期に姉たちがこれまでの空想物語から別れを告げたことは、もう一つの注目点である。

5　アンとエミリのゴンダル物語との関係

それでは次にアンの物語詩との関係を見てみよう。先に述べたように、アンの絵画制作の日付の年は、アン自身家から離れて当時家庭教師先にいて共同創作者だったエミリと離れていた時期である。物語に関わることが難しかったこともあり、直接の物語あるいは物語詩のアウトプットは残っていない。一方で、この絵を制作した年の前の年、一八三八年の日付のついた最後の二つの詩、七番と八番は、ともに「アレクサンドリナ・ゼノビア」(Alexandrina Zenobia)の署名が最後にされていて、この絵画の作成年のその次の年、一八四〇年の最初の詩、九番もまた、「オリヴィア・ヴァーノン」(Olivia

Vernon）という署名で終わっている。このことから絵画制作の前後の時期は、ゴンダル物語やその関連物語と、その詩作にまだ取り組んでいた時期でもあったことがうかがえる。［なお「オリヴィア・ヴァーノン」については後でまた触れることにする。］すなわちゴンダル物語の登場人物によるゴンダル物語詩のアウトプットがあった時期である。よって、アンのこの絵も、エミリと共同創作していたゴンダル物語の登場人物を描いていると考えることも可能だろう。ただこれら絵の制作前の時期には海を描写したり海を舞台にした物語詩は見つからない。

もっとも、直接的な海の描写や舞台としてではなく、比喩的に表現したものが、制作時期の前に見られる。一八三八年八月二一日付の八番、「子どもによせた詩」（“THE VERSES TO A CHILD”）では、「フローラ、あなたはまだ人生の欺瞞に満ちた海を航行し始めたばかり」（三六―三七行）と述べるように、詩の中の登場人物が人生を航海に喩えている。また絵の制作後ではあるが、その時期に比較的近いゴンダル物語詩を見ると、登場人物兼語り手の背後に海がある、という情景が描かれている詩もある。［例えば一〇番、「ブルーベル」（“THE BLUEBELL”）、一八四〇年八月二二日付、「私の前には険しい山（hill）がそびえ立ち／私の後ろには海があった」、一七―一八行］[9]。

一方、同時期のエミリのゴンダル物語詩は多数あることからも、当時のエミリの物語創作への熱意がうかがわれる。その中で、特にアンのこの絵の制作に近い時期で、海に言及したエミリの詩の例をあげよう。

一つは、九五番、一八三九年一月一二日の日付である。[10]

The night was dark, yet winter breathed
With softened sighs on Gondal's shore; (ll.1-2)

最初に、冬の夜の海の情景描写で始まり、ゴンダルの岸にため息［風］が吹いたことが述べられる。その後、登場人物の語り［セリフ］が続く。

"When tempests roar on the lonely shore,
I light my beacon with sea-weeds dry,
And it flings its fire through the darkness dire
And gladdens the sailor's hopeless eye. (ll.45-8)

嵐が寂しい岸で荒れ狂うとき

私は乾いた海草で私の標識に火を灯す
そしてそれは不吉な暗闇の中にその炎を放ち
船乗りの絶望した目を喜ばせる（四五－四八行）

ゴンダルという固有名詞が記載されていることから、この詩がゴンダル物語詩の一つであることがわかるが、語り手の「私」が誰かはわからない。ただ語り手が実際に［あるいは空想の中でも］海辺にいたという臨場感が伝わり、その海の風景描写、そして「船乗り」への言及から船の行き来する情景が思い浮かび、アンの絵に繋がるものが見られる。

もう一つの例として、一八三九年五月二八日の日付で、一〇二番の「クローディアによる詩行」（"LINES BY CLAUDIA"）というタイトルの詩がある。その中の海への言及がある一節を見てみよう。

Or how in exile misery
Could I have seen my country smile?
In English fields my limbs were laid

With English turf beneath my head;
My spirit wandered o'er that shore
Where nought but it may wander more.

Yet if the soul can thus return
I need not and I will not mourn;
and vainly did you drive me far
With leagues of ocean stretched between: (ll.13-22)

さもなければ［魂が自由にその肉体を離れられるのでなければ］惨めな追放の中にあって
どうして私は自分の国が微笑むのを見ることができただろうか？

イギリスの野に私の手足は横たわった
イギリスの芝が私の頭の下にあって
私の魂（spirit）はあの岸辺をさまよった

そこではそれ以外もう何もさまようことはないかもしれない

だがもし魂（soul）が帰ることができたら
私は悲嘆に暮れる必要もそうするつもりもないだろう
そしてあなたは空しくも私を遠くまで追いやった
その間には何里もの海が広がっている（一三―一二行）

この詩もゴンダル物語詩であり、クローディアというこの詩の作者でかつ語り手は、ゴンダル物語の登場人物であるとみなされている[11]（Roper [with Chitham] 241）。具体的な登場人物名に加えて、「私の国」や「イギリス」という固有名詞［地名］や国どうしの争い、登場人物たちの状況など最初の例より具体的な情報が多く、背後にある物語の情景がより明確に描かれている。さらに、「［遠くに追放された］私」と「あなた」の間には「何里もの海が広がっている」と両国間の距離にも言及し、両国が海に隔てられていて少なくとも片方が島国であることが示唆されている。

最後に、アンの絵の制作時期にもっとも近く、海や島々などもっともアンの絵の情景に近い描写が見られるエミリの詩を見ておこう。二人がお互いに離れて暮らしていた時期のために直接的な影響はないかもしれないが、一一八番の同年一〇月一五日付の「歌」（"SONG"）というタイトルの詩では、より直接海やその先の離れた島々や陸に言及している。

例えば、その一節には、次のような海や島々の描写がある。

Let us part, the time is over
When I thought and felt like thee:
I will be an Ocean rover,
I will sail the desert sea.

Isles there are beyond its billow:
Lands where woe may wander free;
And, beloved, thy midnight pillow
Will be soft unwatched by me. (ll.9-16)

別れましょう、時は終わりました

私があなたと同じように考えたり感じたりした時が、
私は海のさすらい人［流浪者］となりましょう、
私は荒涼たる海を航行しましょう。

島々がその波の向こうにはあります、
つまり陸地が、そこでは悲しみが自由にさまよっているかもしれない、
そして、愛する人よ、あなたの夜中の枕は
私に見守られることなく穏やかなものになるでしょう（九―一六行）

「私」は恋人との別れを決意し、「私」と「あなた」は離ればなれとなって「私」は船で海を渡ることなど、アンの絵との関係からも興味深い情景が語られているエミリの詩である。もし実際に関連づけられるならば、この詩の語り手である「私」は、絵の中の女性に見送られる側の、遠くに見える船上の人となった立場に近いだろう。

このようにゴンダル物語の舞台である王国が島国であることからも、エミリの物語詩では、海は同時にそれを行き来する登場人物たちにとって、重要でかつなじみの舞台背景の一つとして描写されて

いる。すでに指摘したように、エミリと離れて暮らしていたため、アンの絵にこれらが直接的な影響を及ぼすことはなかったかもしれない。しかし物語の共同創作者として、アンも何らかのインスピレーションを得ていた可能性が高い。すなわち共同創作者としてそのモチーフを常に共有していて、各自の詩作や物語の創作の過程で、さらにそれをそれぞれ独自に展開させていたのではないだろうか。(12) そしてその自然の帰結として、エミリがしばしば好んで描いた海やそれに関連する情景描写が、共有のモチーフとしてアンのこの絵の題材にも反映され、取り入れられたと考えることも可能だろう。

6　アンとエミリの日記に見る創作活動

それでは最後に、このゴンダル物語とその創作がどれほど彼女たちの日常生活の一部となっていたかを彼女たちが日記として書いたもの（diary papers）から見てみよう。

彼女たちの日記の記載についてリチャード・J・ダンは、「これらの日記にはハワース牧師館での日常生活が垣間見られ、エミリの現在進行中のゴンダルの空想（imaginary）の世界への没頭ぶりを表すものだ」（261）と指摘している。確かにそれらを読むと、アンとエミリの日常生活の中には、ゴンダル物語の創作がそのルーティン（routine）のように毎日の一つの活動、しかも家事と同等の活動として存在し、彼女たちがどれほど物語の創作に没頭していたかを表している。

例えば、一八三四年、一一月二四日付の両者連名の日記では、「叔母さんがたった今台所に入ってきて言った」、「お父さんが居間のドアを開けてブランウェルに手紙を渡しこれを読んで叔母さんとシャーロットに見せるように言った」と家族の様子を描写した後、いきなり「ゴンダル人たちはガールダインの内部を探検しているところ」とさりげなく、創作中の物語の、現在書いている部分を書き込み、現実の（real）日常生活に空想上の世界（imaginary world）が彼女たちの生活に溶け込んでいることがうかがえる[13]（Alexander 485）。

また、次の四年後の日記である、一八三七年六月二六日付の記録では、彼女たちの創作活動そのものが描写されている。「アンと私は客間で書きものをしている——アンの書いているものの出だしは、『夕方は晴れて、太陽は明るい』——私［が書いているもの］は、オーガスタ・アルメダの人生、第一巻最後から一から四頁」と書くように、ここではアンはすでに詩人であり、エミリは伝記作家である。

さらにその四年後の一八四一年には連名でなく別々に書いている。アレグザンダーによると、エミリは「ゴンダルとガールダインの皇帝たちと皇后たちは戴冠式に備えてガールダインからゴンダルへ出発する準備をしている、それは七月一二日に行われる予定だ」と記録し、アンも、「ゴンダル人たちは今のところ危機的な状況にある」と、二人ともまだゴンダル物語の進行中の内容を記載している（488-89, 490）。

先に述べたように、姉のシャーロットは、はやばやと、二年前の一八三九年にこのような空想物語に「別れ（Farewell）」を告げたのとは対照的である［最後のアングリア物語である、「アングリアへの別れ」（"Farewell to Angria"）（Alexander 314）で明言する］。ただしアンはすぐ後に続けて、「私は今ソファラ・ヴァーノン（Sofala Vernon）の人生の第四巻を書くのに没頭している」（490）と記載している。アレグザンダーによると、この人物は、先に述べたオリヴィア・ヴァーノンとともにグラスタウンとアングリア物語の登場人物である（602）。そのことから、これはアンがゴンダル物語から離れてまったく新しい自分の物語を創作したわけでなく、シャーロットの物語をいわばアンが引き継いだ可能性も考えられ、この点からも先のシャーロットの絵の影響を裏付けられるだろう。

その前年の一八四〇年は、チタムの先の分類グラフによると、アンの詩がゴンダル物語詩から個人的な詩に移る分岐点である。だが、このようにアンの子ども時代からの物語への関心が失われたりエミリとの共同創作が嫌になったりしたわけではなかった。

次に一八四五年七月三一日付［エミリは誤って三〇日と記載している］の日記では、エミリはアンと二人だけの初めての長旅について記載している。月曜日にヨークで宿泊し、火曜日の夜キースリーに戻ってそこで一泊、そして水曜日の午前中に歩いて家に帰るという旅程である。それについて「天気は崩れたが私たちはブラッドフォードでの数時間以外は楽しく過ごした」、「私たちは道中で」（傍点は筆者による）物語の様々な登場人物、「ロナルド・メイセルジンやヘンリー・アンゴラだったり、ジュリエット・アングスティーナだったり、ロザベルや、エラとジュリアン・イーグラモン、カサリン・ナバールやコルデリア・フィッツァフォノルドだったり」、「勝利している共和制派の人々に現在のところ激しく追い詰められている王党派の人々に加わろうと、教育の館から逃げている」登場人物たちになった、ということを記している（Alexander 490）。このことから、自分たちの創作する物語を二人で実演していたことがうかがえる。「私たちは」とエミリが述べることからも、エミリは自分だけでなくアンも物語の登場人物を演じる楽しみを共有していると考えているようだ。それゆえにエミリの日記には、登場人物になりきってゴンダル物語を演じるのを楽しんでいることが記される。

一方、アンも同じ日付の日記で、エミリがゴンダル物語を執筆中で一部読み聞かせてくれて、残りを聞きたいこと、詩も書いているが内容は何だろうと興味を持っていることを記している。そして、エミリが記録しているゴンダル物語の部分については、

私たちはまだ私たちのゴンダル年代記を完成させていない、三年半前にそれを始めたのだけれど、い

つ完成するかしら？　――ゴンダルの人々は今つらい状況にある共和制派の人々が優勢だけど王党派の人々が完全に打ち負かされたわけではない（Alexander 492）。

と進行中の内容を記載している。しかしアンはさらに続けて「でも私たちはもうあまりそのごっこ遊びをして［演じて］はいない――ゴンダルの人々は全体的にごっこ遊びする［演じる］には最良の状態ではない――良くなるかしら？」と、ゴンダル物語の創作に対するやや冷めた感じをも吐露している（Alexander 492）。

この時点で幾分エミリとの熱意の差が見られるのは、アン自身が「私はある一人の人物の人生の第三巻を数節書き始めたところ」（Alexander 492）と書くように、この物語が、のちのアンの最初の小説『アグネス・グレイ』の初期のバージョンである可能性が示唆されていることから[14]（Alexander 603）、すでに別の方向、すなわち物語あるいは物語詩でなく小説に取り組み始めたことによるかもしれない。[15]

もっとも、きょうだいで始めた子ども時代の人形のロールプレイに続き、アングリアなどの空想物語について、アレグザンダーが、「四人のブロンテきょうだいは彼らの『ごっこ遊び』（plays）の創作者であると同時に登場人物でもあった」（xxi）と述べるように、アンもまた物語の創作者であると同時にその登場人物でもあり続け、ゆえにエミリとの長旅の道中でもまだ、自分たちが創作する物語の登場人物になり続けたと言えるだろう。そしてこのような長い間の一種の習慣が、アンの絵の人物像にも反映されていると解釈することができるだろう。

7　おわりに

これまで見たように、ゴンダル物語の創作において、アンは次第にエミリほどの熱の入れようを失っていったものの、エミリにリードされるままではなく、かなり長い期間いっしょに楽しみ関心を持ち続けたことが、最後のアン自身の日記からわかった。アレグザンダーは、シャーロットの離脱以降のように、アンも年を重ねるにつれて、エミリとの共同創作から離れたことを指摘している（xliii）。だが、アンのこの絵の制作時期にはまだ、お互いに離れているのを残念に思うほどいっしょに物語の創作を楽しみたい気持ちが垣間見られる。そしてデレク・ローパーが、ゴンダル物語の共同創作は「自作自演の創作劇から始まった」（"First came inventive play, with parts spoken and perhaps performed."）（8）と指摘するように、物語の創作と「ごっこ遊び」（play）は切り離せない関係にあった。[16]

それゆえ、もし最後に、アンのこれら二つの活動に基づいた自伝的解釈を組み込むならば、アンのこの絵の女性は、「ごっこ遊び」（play）をしていた時のように、自分たちが創造した物語のひとりの登場人物になったアンだと言えるだろう。すなわち、その人物を演じる自分の姿を描いた絵画を制作することによって、当時の［物語］詩のアウトプットが困難な状況にあった時でも、詩に代わって物語の節目を記録する重要な作品になったと考えられるだろう。

注

＊本稿は日本ブロンテ協会第三八回大会（二〇二三年一〇月二一日、立正大学）での口頭発表、「アン・ブロンテの絵画をめぐる一考察」の原稿に加筆・修正を加えたものである。

＊＊図一と図三の絵はタイトルが無く、タイトル自体はアレグザンダーとセラーズの画集から取っている。元のタイトルが無いため、本論の引用ではダブルコーテーションの記載とした。なお、画集の中や、本論で引用したチタムやロサノの文章中でも、記載方法は統一されず、シングルコーテーションや斜字体での記載が見られる。混乱を避けるために、本論ではタイトルの有無にかかわらず、二人のブロンテの絵はすべて、ダブルコーテーションの記載とした。

（1） 原文は以下の通り。
"Seascape with the rear view of a figure of a young woman in the foreground, left of center; her right hand raised to shade her eyes, in her left hand a white handkerchief. She wears a dark dress with . . . Two isolated rocks poke out of the sea on the right. The sea is calm, with a rowing boat, over which flies a group of seagulls, and a distant view of two sailing boats on the left; on the right, a sailing ship; coastal land in the far distance. On the horizon the sun is seen to rise in . . . into a cloudy sky."

（2） なお Chitham, *Poems* [2nd ed.] xii を参照。

（3） 一方、自伝的解釈をしない批評家の例として、フローリーは、「アンの絵の中で女性の感情は絵画の関心の中心であるが、解読はできず、ただ期待している態度を示すだけである」（30）と述べている。なお本論では論点として扱わないが、女性が後ろ姿で描かれていることも、観者が彼女の感情や思いを読み取ることを困難にしていると考えられる。次に制作された、同じく自然の中に女性が描かれた絵［一八四〇年の"What you please"というタイトルの絵画］では、女性は正面を向いて、やや木に寄りかかり直立ではないが、立っている。後者の観者と向かい合う構図と比較すると、両者は全く対照的であり、その点でも前者がアンの絵画の中でも際立った特徴的なものだと言える。フローリーは、アンの詩を論ずる一節で、アンが「相手の心を読むことや、相手の感情を理解することの困難さについてしばしば書いた」(51) ことを指摘している。それは詩にとどまらず、小説にも見られる。一例として、『ワイルドフェル・ホールの住人』第八章で、ヘレンに絵の意見を求められたギルバートは、彼女を不快にしないよう絵の賞賛を言葉であまり表そうとせず、言葉での表現を抑える一方、ヘレンは彼の顔［目］を注意深く見てそれを読み取って画家［ヘレン］の自尊心を満足させたと記している。アンのフィクション［小説］から直接この絵を読み解くわけではないが、目の前にいる相手や、描かれた対象［相手］の思いや感情を知る手段として、言葉で伝えない場合、それを読み取ってもらう、あるいは理解するには、少なくとも相手の顔［目］を見て理解する必要があり、相手の顔［目］を見ず、後ろ姿からだけでその人の思いや感情を知ることは困難だと思わせるエピソードである。

(4) アレグザンダー (xl) は、"Comparisons between her few letters and her personal poetry reveal that her practice was that of Agnes Grey, who considered her poems as 'relics past sufferings and experience, like pillars of witness. . . .'" と述べる。

(5) 例えば、ヘイは、自伝的解釈の同一視を個人的な詩に限定する (49)。またチタムも、アンの詩作の理由をアグネスの理由と同一視するが、小説の同時期のみに当てはまると限定している (*Poems* [2nd ed.] xvi)。また、この絵画を作成した最初の家庭教師先では、アグネスの言う「悲しみや不安に悩まされる時」であったはずにもかかわらず、詩のアウトプットがひとつも残ってないことも注目するべき矛盾点だと思われる。ただし詩のアウトプットが［おそらく］無かった一因として、当時は物語詩が中心でそのような個人的な感情を表す個人的な詩にまだ移行してなかったことも考えられる。

（6）なお二回目の家庭教師先については、アン自身が一八四一年の日記に、"I am a governess in the family of Mr Robinson I dislike the situation and wish to change it for another" と記し、エミリも心配して、"I close sending from far an exhortation of courage! to exiled and harassed Anne wishing is here" と締めくくってアンを励ましているところからも（Alexander 489）、第一回目の、初めての家庭教師先ではなおさら大変だったことが思い浮かぶ。

（7）ちなみにチタムは、アンのこの絵の制作年である一八三九年より三年後になるが、一八四二年一二月付のアンの詩の二〇番、「―に」（"To ―"）の冒頭の一節で、海に昇る太陽への言及が、『アグネス・グレイ』第二四章の同じ情景はもちろん、この絵の海に昇る太陽の情景を思い出させることを指摘している。

該当する箇所は次の通り。

'This said that if the morning sun
Arise with dazzling ray

And shed a bright and burning beam
Athwart the glittering main, (ll.3-6)

なお彼は、この太陽が、日没よりは日の出の太陽であることはほぼ確実であろうとも述べている(*Poems* 175)。

（8） 原文は以下の通り。

"landscape of a lake, trees and mountains in the distance; a veiled woman standing on a stone terrace in the central foreground and two small wooded islands in the middle distance to the left and right of the figure. The woman stands in profile, head raised to the sky, where light appears between parting clouds; her features are indistinct, veil draped over back of head, down her back and caught over her arm; arms crossed over her breast; one foot just visible. The heavy drapery worn by the woman suggests medieval or even classical dress."

（9）ただしチタムはこの詩をゴンダル物語詩でなく、アンの自伝的「個人的」な詩とみなす（*Poems* 169）。この時期までには、ゴンダルに頼らずとも個人的な詩を書けるようになっただろうと推測し、この詩にゴンダルの署名や風景や登場人物が不在であることを根拠にしている。そして時期的な近さから、アンの二つ目の家庭教師先の家族と夏の休暇を過ごしたスカーバラでのできごとを描写した可能性をあげて、この詩には働き先でアンが当初抱いた感情を読み取ることができるかもしれないという（170）。本論で引用したところより前の一節に、「それほど遠い昔ではないが／ある明るい晴れた日／それは私が労苦でつらい日を過ごしていたときだった／何里も離れた遠いところで」（九－一二行）というその時の「私」の状況描写がある。そのことから、筆者はこの語り手がアンの当時の状況を表すという自伝的解釈を否定するわけではないが、一方で、この詩の様々な状況描写が必ずしもアンの実体験だけに限られるのでなく、ゴンダル物語詩の一つとしての解釈も可能と考える。その根拠として、時期は少し遡るが、エミリの詩で、一八三九年五月九日付の一〇〇番に、同じ「ブルーベル」をタイトルにした詩があり「「ブルーベルに」（“TO THE BLUEBELL”）」、その詩がゴンダル物語詩であることとの関連性や、アンがこの詩の後にもまだ「ゴンダル」物語詩を創作していることが挙げられる。

（10）テクストはハットフィールド版とし、本書からの引用はこの版に拠るものとする。

(11) もっとも、この登場人物はこの詩以外のエミリ[アンも含めて]の作品には現れず(Roper [with Chitham] 241)、物語の中での人物像も不明である。例えばアレグザンダーは、「ゴンダルの登場人物たちの名前は確定するのが困難なことで悪名高く、物語のプロット同様謎に近い」(613)ことを指摘している。またローパーによると、本論の引用の部分(一五―一八行)には二通りの解釈がある(241)が、本論は海の描写を指摘するのが目的のため、ここでは触れない。

(12) ローパーも同様のことを推測し、二人の日記をもとにして、初期の共同創作から最終的に独立して別々の創作過程に至るまでを、エミリのゴンダル物語詩を中心に辿っている(8)。

(13) 以下、日記の引用はアレグザンダーの版に拠るものとする。

(14) それと同時にアレグザンダーは、もう一つの可能性として、エミリの同年の日記で言及されている「ヘンリー・ソフォナによる本」(book by Henry Sophona)(603)のことかもしれないとも示唆している。

(15) ただしチタムは、一八四〇―四五年の、二番目の家庭教師先であるソープ・グリーンに滞在している間、通常は宗教的あるいは物思いにふける詩を書いていたが、一八四五年初めの詩はこれを覆し、ゴンダル物語詩を書いたことを指摘し、その背景には兄ブランウェルと家庭教師先のロビンソン夫人との罪深い関係を発見もしくは疑って、ゴンダル[物語]の世界に逃避したことを示唆している。そして彼は、アンの同年の日記の表現にこの体験を読み取り、家庭教師を辞めて家に戻り、喜んでエミリと再会したと結論づける。もっともこの頃のアンは、もはやゴンダルのごっこ遊びを楽しむ気分ではなく、五年間の離れていた期間がアンを変化させ、成熟させたとし、アンのゴンダル物語あるいは物語詩からの離脱を、すでにこの日記から見て取っている(*Poems*, 12-13)。

(16) チタムも両者の関連性の重要性を指摘している(*Poems*, 32)。

参考文献

Alexander, Christine, editor. *The Brontës: Tales of Glass Town, Angira, and Gondal Selected Writings*. Oxford UP, 2010.

Alexander, Christine, and Jane Sellars. *The Art of the Brontës*. Cambridge UP, 1995.

Brontë, Anne. *Agnes Grey*. Oxford UP, 1988.

———. *The Tenant of Wildfell Hall*. Oxford UP, 1992.

Chitham, Edward. Introduction. *The Poems of Anne Brontë: A New Text and Commentary*, edited by Chitham,

Macmillan Press, 1979, pp.1-45.

______, editor. *The Poems of Anne Brontë: A New Text and Commentary,* Macmillan Press, 1979.

______. Appendix. *The Poems of Anne Brontë,* edited and introduced by Chitham, 2nd ed., Edward Everett Root Publishers, 2021, p.203.

______. Introduction. *The Poems of Anne Brontë,* edited and introduced by Chitham, 2nd ed., Edward Everett Root Publishers, 2021, pp.ix-xviii.

Dunn, Richard J. *Wuthering Heights*, W.W. Norton, 2002.

Frawley, Maria H. *Anne Brontë*. Twayne Publishers, 1996.

Gérin, Winifred. *Branwell Brontë*. Hutchinson Publishers, 1961.

Hatfield, C. W. *The Complete Poems of Emily Jane Brontë*. Columbia UP, 1941.

Hay, Adelle. *Anne Brontë Reimagined: A View from the Twenty-first Century.* Saraband, 2020.

Lambourne, Lionel. *Victorian Painting*. Phaidon Press, 1999.

Losano, Antonia. "The Professionalization of the Woman Artist in Anne Brontë's *The Tenant of Wildfell Hall.*" *Nineteenth-Century Literature*, vol.58, no.1, June, 2003, pp.1-41.

Roper, Derek [with Edward Chitham]. *The Poems of Emily Brontë*. Clarendon Press, 1995.

引用図版出典

図一と三

Brontë Society and Brontë Parsonage Museum. © The Brontë Society

図二、及び本論中のティソットの説明引用文を含む。

https://artvee.com/dl/goodbye-on-the-mersey/

あとがき

本書は、コロナ禍のために一年延期され、二〇二一年一〇月一六日に Zoom 開催された「アン・ブロンテ生誕二〇〇年」（日本ブロンテ協会第三六回大会）を記念するシンポジウムを発端にして、司会者であった大田美和氏が執筆規定や出版社を決められた企画に依拠する。残念ながら、多忙を極め退かれた大田氏のあとを受けて、二〇二三年のシンポジウムの司会者田村真奈美氏と研究発表の兼中裕美氏が加わり、刊行の運びとなった。

アンの知名度は、以前と比べるとかなり高くなり、研究も活発になってきているが、文学史においても研究書の数においても姉たちとは比較にならない。姉たちそれぞれに特化した研究書の多さには目を見張るものがあるが、アンは遠く及ばない。一般の人のアンへの反応も覚束ない。ブロンテの愛好者でもなく読書家でもない知人から、「中学や高校時代に、『ジェイン・エア』や『嵐が丘』を読むけれども、アンを知らないのはなぜ？」と問われたことがある。また、読書好きの友人が、研究論文を読んで、それに取り上げられていた知名度の低い作品に興味を持ち、購入して読破したと仄聞したこともあるが、アンの作品ではなかった。このようにアン・ブロンテ加えてアンの作品は、まだ人口に膾炙しているとは言えない。かのヴァージニア・ウルフが、「英国小説のなかで最も愛すべき女性たち」と書いているエッセイのタイトルは、『ジェイン・エア』と『嵐が丘』である。テリー・イーグルトンは、シャーロットの作品四冊と彼女の小説の構造に一章ずつ当て、『嵐が丘』に一章を割当て、アンにも一章を割いているがその頁数は少ない。とはいえ、半世紀以上まえに、デレク・スタンフォードが、「『もし汝の右手が汝を傷つけるのならそれを切り捨てよ』。アンはこの教えを主張する勇気を持っていた」と、アンを高く評価している。メリン・ウィリアムズが、「通常マイナーだと言われている女性作家にかなりの頁数があることに読者は気づくでしょう。それは、彼女たちの作品はあまりにも長い間等閑視されており、もっと広く知られるべきであると信じることに基づいているからです」と序文に記載して、シャーロットの二分の一だが、エミリとアンを同等に扱っているのは興味深い。アンという人物そして彼女の作品は、多様な知の地平を切り開くことができるはずである。アンの作品には、研究に資する鉱脈が眠っていることは確かであり、文学に通暁していない人にも愛読される価値があるのは間違いない。

ここで、執筆内容を簡単に紹介しておく。

第一章は、オースティン同様アンも、マナーズを人物判断の試金石としていたことに着目して、マナーズから読み取れる道徳性には階級とのつながりがあること、すぐれた道徳性には信仰の裏づけがあることを明示したあと、この「自伝」の語り手の目的を考察し、その後小説のプロットと人物や場面の配置に照準を合わせて、アンの特質に迫っている。第二章は、伝統的な自然観が一九世紀前半に変容してから、中頃には崩れ始めていた兆候を、『アグネス・グレイ』における、主に植物とアグネスの関係に注目して論を展開している。そしてアグネスの両義性を明快に分析して、アグネスが「記録」したこの物語のなかに、伝統と革新の二重性を描くというアンの戦略を導き出している。第三章では、姉たちの作品に比べて、ゴシック文学の評論が極めて少ない『ワイルドフェル・ホールの住人』に光を当てている。作品を〈女性のゴシック〉の伝統に位置づけ、その伝統の継承と隔たりを議論することにより、独自の作品空間を創造したアンの先進性は、姉妹のなかで最もフェミニズム作家としてふさわしいことを検証している。第四章では、男女平等意識を持つギルバートが、ヘレンの言葉を裏切ってハルフォードに妻の日記を含む長い手紙を書く必要性があった点を、オープニング・セクションと第一章から第五三章の物語から炙り出し、彼の性の多様性を解明して、アンが細心の注意を払って、異彩を放つ性的少数者を描出した手法を跡づけている。最終章は、アンの絵「日の出に海の風景を見る女性」について言及している。この絵に関する従来のさまざまな解釈の問題点を指摘したあと、絵画中の女性についてシャーロットとティソットとの絵の比較や、エミリとの共同創作であるゴンダル物語と日記を基にして、絵画制作への影響を掘り下げることでアンの特徴を論証している。いずれの論考も、アンの創作した芸術作品と真摯に向き合い、自らの問題意識を丁寧に精緻に検討して、アン文学の魅力を伝えようと試みている。本書が何らかの示唆に寄与でき、楽しんで頂ければ望外の喜びである。

縦書きの論文集として読みやすくするために、表記を統一して、一部を除いて*MLA*（第九版）に準拠した。微力ながら最善を尽くしたが、誤字脱字や不備があるかもしれない。読者諸氏からの忌憚のないご意見やご指摘を頂戴できれば幸いである。

最後になり恐縮ではあるが、当初より変わらぬご尽力を頂いた大阪教育図書の横山哲彌社長と陽子様、及び編集担当の土谷美知子氏に深く謝意を表したい。

渡　千鶴子

二〇二四年九月

執筆者紹介

渡　千鶴子（わたり　ちづこ）
元関西外国語大学教授

［主要業績］
トマス・ハーディ全集『ラッパ隊長』（共訳、大阪教育図書、二〇二〇）、『言葉を紡ぐ——英文学の10の扉』（責任編集、音羽書房鶴見書店、二〇二三）、『「帰郷」についての10章』（責任編集、音羽書房鶴見書店、二〇二四）

木村　晶子（きむら　あきこ）
早稲田大学教授

［主要業績］
『メアリー・シェリー研究——「フランケンシュタイン」作家の全体像』（編著、鳳書房、二〇〇九）、『めぐりあうテクストたち——ブロンテ文学の遺産と影響』（共著、春風社、二〇一九）、*Dickens and the Anatomy of Evil*（共著、アティーナ・プレス、二〇二〇）

侘美　真理（たくみ　まり）
東京藝術大学教授
［主要業績］
『ブロンテ姉妹』（編集協力・翻訳、集英社文庫、二〇一六）、『セクシュアリティとヴィクトリア朝文化』（共著、彩流社、二〇一六）、『二〇世紀「英国」小説の展開』（共著、松柏社、二〇二〇）

田村　真奈美（たむら　まなみ）
日本大学教授
［主要業績］
Evil and Its Variations in the Works of Elizabeth Gaskell: Sesquicentennial Essays（共著、大阪教育図書、二〇一六）、『めぐりあうテクストたち——ブロンテ文学の遺産と影響』（共著、春風社、二〇一九）
Dickens and the Anatomy of Evil（共著、アティーナ・プレス、二〇二〇）

兼中　裕美（かねなか　ひろみ）
日本大学教授

［主要業績］

「*Wuthering Heights* の二つの日記——"from manuscript to print" について」（『ブロンテ・スタディーズ』第3巻第2号、一九九八）、『文学と女性』（共著、英宝社、二〇〇〇）、『ブロンテと19世紀イギリス　日本ブロンテ協会設立30周年記念論集』（共著、大阪教育図書、二〇一五）

【ら行】

【ま行】

【た行】

【さ行】

索　引

【あ行】

アン・ブロンテの研究——世紀を超えて

二〇二四年一二月一九日　初版　第一刷発行

編著者　渡千鶴子・木村晶子・侘美真理

著　者　田村真奈美・兼中裕美

発行者　横山哲彌

印刷・製本　ロケットプリント株式会社

発行所　大阪教育図書株式会社

〒五三〇‐〇〇五五　大阪市北区野崎町一‐二五　新大和ビル三階

電話〇六‐六三六一‐五九三六　FAX〇六‐六三六一‐五八一九　郵便振替〇〇九四〇‐一‐一一五五〇〇

E-mail / daikyopb@osk4.3web.ne.jp　HP/ http://www2.osk.3web.ne.jp/~daikyopb

ISBN978-4-271-21087-0 C3098

乱丁・落丁本は小社にてお取り替えいたします。